Melhores Contos

Ricardo Ramos

Direção de Edla van Steen

 Melhores Contos

Ricardo Ramos

Bella Jozef

© Marise Ramos, 1997

2ª Edição, 2001

Diretor Editorial
JEFFERSON L. ALVES

Assistente Editorial
ALEXANDRA COSTA DA FONSECA

Gerente de Produção
FLÁVIO SAMUEL

Preparação de Texto
ALEXANDRA COSTA DA FONSECA

Revisão
ALEXANDRA COSTA DA FONSECA
ALBERTINA PEREIRA LEITE PIVA

Editoração Eletrônica
ANTONIO SILVIO LOPES

Dados Internacionais de Catalogação na Publicação (CIP)
(Câmara Brasileira do Livro, SP, Brasil)

Ramos, Ricardo, 1929-1992.
 Melhores contos de Ricardo Ramos / seleção de
Bella Jozef. – 2ª ed. – São Paulo : Global, 2001. –
(Melhores contos ; 24)

ISBN 85-260-0566-9

1. Contos brasileiros I. Jozef, Bella. – II. Título.
III. Série.

97-5685   CDD-869.935

Índices para catálogo sistemático:

1. Contos : Século 20 : Literatura brasileira 869.935
2. Século 20 : Contos : Literatura brasileira 869.935

Direitos Reservados

**GLOBAL EDITORA E
DISTRIBUIDORA LTDA.**

Rua Pirapitingüi, 111 – Liberdade
CEP 01508-020 – São Paulo – SP
Tel.: (11) 3277-7999 – Fax: (11) 3277-8141
E.mail: global@globaleditora.com.br

Colabore com a produção científica e cultural.
Proibida a reprodução total ou parcial desta obra
sem a autorização do editor.

Nº DE CATÁLOGO: **1708**

Bella Jozef nasceu no Rio de Janeiro. Doutora em Letras, é Professora Emérita da Universidade Federal do Rio de Janeiro. Ensaísta e crítica, colabora em jornais e revistas especializadas no Brasil e no exterior. Publicou, entre outros: *História da Literatura Hispano-americana* (3ª ed., Francisco Alves, 1989); *O jogo mágico* (José Olympio, 1980); *O espaço reconquistado* (2ª ed., Paz e terra, 1993); *Romance hispano-americano* (Ática, 1986); *A máscara e o enigma* (Francisco Alves, 1986); *Antologia General de la literatura brasileña* (Fondo de Cultura, 1995); *Jorge Luis Borges* (Francisco Alves, 1995). Recebeu os prêmios *Silvio Romero* e *Assis Chateaubriand* da Academia Brasileira de Letras; o de *Ensaio Bibliográfico* da OEA e o de *Crítica*, da Associação Paulista de Críticos de Arte.

Foi condecorada com a *Ordem do Sol*, do Peru, as *Palmas Acadêmicas*, da França e a *Ordem de Maio* da Argentina. Recebeu a *Medalha Pedro Ernesto* da Câmara de Vereadores do Rio de Janeiro.

É Catedrática Honorária da Universidade Nacional Mayor de San Marcos (Peru) e foi *Visiting Professor* da Universidade Hebraica de Jerusalém, além de conferencista das Universidades Complutense de Madri, King's College (Londres), Yale, Michigan, Notre Dame (Estados Unidos), La Plata, Caracas, Universidad javeriana (Bogotá) e na Sorbonne.

Foi membro do juri dos Prêmios *Juan Rulfo* (Guadalajara, México) e *Romulo Gallegos* (Venezuela).

O HOMEM, A ESPERANÇA: SEMPRE

A obra de Ricardo Ramos, iniciada em 1954, mostra qualidade e vigor narrativos que consolidam uma escritura conseguida sem excessos ou rebuscamentos. Preocupado com a depuração, dedicou-se à tarefa de condensar e trabalhar a linguagem com mestria, expressa de maneira contida e direta, numa síntese que permite contar histórias complexas em breves parágrafos. Avesso ao melodramático e à grandiloqüência, não é um experimentalista no sentido formal. A luta pelo rigor técnico o faz beber nas potencialidades da língua. Com isto, consegue um estilo muito próprio, o que já não seria pouco; mas ainda há mais: Ricardo Ramos resgata a força e as possibilidades estéticas de alguns níveis do idioma, como os clichês, as chamadas "frases-feitas" da linguagem de propaganda, num processo de intertextualidade, de corte preciso (veja-se, por exemplo, "Circuito fechado").

No conto, em geral, o que importa é a situação: observe-se, em Ricardo Ramos, a hábil concentração de espaço e tempo, a engenhosa montagem dos fatos, o desenlace inesperado. Mas, paralelamente, a caracterização dos personagens, recriados com um poder figurador, o traço ágil, contundente, por vezes; ou as pinceladas descritivas, apenas roçando o espaço, "como as árvores que naufragaram na garoa" ("A pitonisa e as quatro estações"). Os diálogos e o manejo coloquial da linguagem mostram-se aptos à presentificação dos personagens e as descrições traduzem, com dolorido e cordial afeto, a psicologia de seres que o autor ouve e sente com habilidade. Os recursos estilísticos vão da ironia ao ritmo da descrição, em que cada elemento é estritamente funcional, num jogo entre objetividade e subjetividade, através da associação de idéias.

Ao narrar o drama de determinada situação, uma atitude insólita ou reveladora, um traço essencial, o gesto ou a expressão que desnudam o ser de forma implacável, resgata o eternizado em sua transcendência como *corpus* de uma cosmovisão. Registra-o, transmite-o e a seguir focaliza outro aspecto da forma humana. Por tudo isto, no trabalho literário, dirigir decisões, adaptar gestos, elaborar angústias, armar atitudes, desentranhar nós vitais, é criar um elemento que passa a ter, definitivamente, vida. Toda a gama de amores e ódios, altruísmo e baixeza, sentimentos fugidios de personagens com suas reflexões. Mais o interior do que o exterior, o reflexo da alienação de uma sociedade implacável e brutal, "um mundo automático, em que os rumores da noite perderam volume para a voz oficial", refletindo a condição contraditória e desesperada da existência em um mundo degradado.

No contexto regulamentado pelo cotidiano, o pulsar da própria vida, o desvelar do homem sob a máscara da existência, para penetrar no âmago de sua índole humana. Seres marginalizados submetidos a situações opressivas com medo de mudar, imagens de frustração e pesar que deixam sulcos ("A mancha na sala de jantar"). Com seus sonhos, seus traumas, seus condicionamentos, sintetizam o modo de ser de uma sociedade formalista e são esmagados em sua elementariedade. Cada um vive a sua solidão, auscultando a própria perplexidade. Esses seres imaginados ganham vida, caracterizados com traço de mestre, em sua composição psicológica. Não há pequenos ou grandes destinos, mas apenas destinos cujo potencial cabe ao ficcionista descobrir, o homem, esse "bicho muito estranho". Quantos se evadem na fantasia, pelos caminhos do desencanto ou da dúvida... Daí uma interioridade frustrada, os desejos reprimidos e uma profunda sensação de uma vida sem horizontes, gerando até o temor de expressar-se ("Matar um homem"). Na relação com o mundo, o personagem quer opor-se às convenções mas, impotente, nem sempre o consegue. A violência amiúde subentendida, apresenta-se como alternativa para romper o estado de coisas ("O policial do ano", ironicamente em forma de roteiro para televisão).

O narrador aponta a falta de espírito crítico da sociedade, os modos de acomodação dos diversos estratos sociais ante uma situação nova, os modos de adequação dos marginais ao sistema. Enquanto o objeto produzido na sociedade de massas é supervalorizado e consumido, o homem que o produz é tratado como objeto. Aqui, também, critica uma literatura alienada em que resta ao leitor o papel passivo de consumidor.

Claro que o homem na obra de Ricardo Ramos não pode ser uma abstração: está localizado num tempo e num espaço. O narrador assimilou a seu projeto, ao lado do comportamento pequeno-buguês, a análise da ideologia e postulações interpretativas do referente socio-econômico. A realidade é estímulo e ponto de partida. Ali está o dia-a-dia dos grupos sociais que vão desde trabalhadores a um certo tipo de intelectual, estudantes, mulheres, todos com um ideal de libertação. Paralelamente, a ternura e o amor nas relações íntimas. Também as relações entre o mundo da infância e dos adultos são tratadas pelo narrador com profundidade. O mistério ("O retrato") é outro elemento ao qual contribui a estrutura de alguns contos. O suspense substitui o assombro do leitor que acompanha com freqüência a trama ou o desenvolvimento de um personagem, uma informação furtiva, em uma frase que passa quase despercebida. Cabe ao leitor, uma vez mais, adivinhar pois, dizia Sartre, "adivinhar torna mágico tudo o que se toca".

A dimensão social é, e não poderia deixar de ser, uma das preocupações do narrador. Constitui um dos inúmeros fios da intrincada rede do texto, em que as palavras são veículo e destino de uma realidade polimorfa. Tempo reconstituído ou revisitado, para confronto com o presente. Com Fábio Lucas, podemos dizer que, depois que o fato histórico se apaga, sobrevive a literatura. Ela representa, assim, uma base de real para o imaginário. Um lastro de vida que reivindica o direito inalienável da fantasia ("Os inventores estão vivos"). A ficção é também uma forma de fabricar realidades outras para minimizar o impacto da realidade exterior agressiva e desgastante.

De acordo com Mauriac, quando o personagem "se dobra docilmente ao que dele esperamos, isto prova, com freqüência, que ele está desprovido de vida própria e que temos em mãos um cadáver". Não é aqui o caso. Ricardo Ramos nunca entrega a matéria narrada sem a transfiguração estética nem a transmutação literária que exigem a co-participação imaginativa do leitor. Este é chamado a estabelecer conexões e apreender com maior eficácia as dimensões propostas a sua sensibilidade. Como se o narrador, negando sua onisciência e limitando seu poder narrativo, nos forçasse como cúmplices a compartilhar de sua própria e imperfeita visão da realidade e a complementá-la, se pudermos. Os fatos existem independentemente do narrador, mas chegam ao leitor como fatos literários trabalhados por esse mesmo narrador: a observação do real leva-o a dimensioná-lo numa criação artística. O elemento real e o inventado passam a gozar do mesmo estatuto, numa relação complexa. O narrador não se limita a jogar com elementos ficcionais ou a reproduzir elementos provenientes de uma realidade verificável mas serve-se de ambos para fundi-los em entidade diferente, a literária, mundo parelelo ao empírico que o ordena, corrige, interpreta, comenta, enriquece e, em certos casos, suplanta. Na seleção do universo narrativo subjaz todo um sistema de opções e na presença ou ausência de determinados níveis do real está contido o rumo semântico da narrativa e a atitude do narrador ante a multiplicidade de solicitações recebidas.

A obra de Ricardo Ramos, embora sem intenção documentária, forma em seu conjunto um rico testemunho da realidade brasileira, uma realidade contraditória, funcionando como elo coerente a integrar toda a sua produção numa unidade. Dentro da variedade temática, sobressaem os tópicos: a burocracia e o desgaste que representa, a mediocridade que imprime à vida nacional; o mundo da publicidade como microcosmo de outro onde os fracos são vencidos e o mais forte nem sempre é o melhor ("A busca do silêncio"); a televisão, "um milagre posto ao alcance de todos", "a chama do atual", "emoldurada na forma de hoje"; o tema da amizade em toda sua nobreza ("As roupas", "Volteio").

O conto ricardiano tem organicidade e coerência interna, apresenta ampla temática que vai do individual ao social, do geral ao particular, do pessoal ao coletivo, registra do cotidiano ao intemporal, do efêmero ao de sempre, uma época que são todas engastadas na história do homem contemporâneo. É uma voz oriunda dos espaços da história de nosso tempo. O crescimento de São

Paulo – espaço em que se localiza a maioria dos contos – e o ritmo de urbanização e industrialização conformam um localismo aparente, pois o plano em que se desenvolvem os contos de Ricardo Ramos é universal, modulando uma dimensão mais ampla, visão global de um período. Os contos brotam do imediato mas freqüentemente partem para o inesperado ("Os inventores estão vivos"). A atenção metonímica sobre as coisas faz-se poética quando apreende o veículo mágico que as enlaça ("O pífano e as árvores"), surpreendendo a vida que espreitam entre si ou encontrando a saída libertadora do tema e da contingência. Fala-se de gente que sofre e luta, cai e levanta, embora em um mundo adverso, embalados pelo sonho de novas possibilidades que quase nunca chegam a acontecer. Diz o autor: "Acho que o sistema social sob o qual a gente vive é contrário ao homem. É um sistema que limita, diminui e piora a pessoa humana". A visão crítica do narrador volta-se contra a organização social que oprime mas resulta compreensiva em relação aos personagens que sempre se recuperam e ressurgem: "Sou um homem descrente totalmente de nosso sistema social, mas sou um homem absolutamente crente no homem".

Ricardo Ramos põe em prática o conto, tal como o define: "buscar um momento de emoção intensa e breve". Todos os elementos constituintes dependem desse princípio que leva, em conseqüência, à concisão. O que faz com que seus contos signifiquem, esteticamente, por si mesmos, mas alimentem um significado mais amplo, levando a dimensões relevantes da vida do homem, muito próximos à idéia de totalidade do seu momento, do seu contexto social. Pesquisador incansável de novas possibilidades narrativas, usa, muitas vezes, a técnica e o ritmo do cronista apresentando acontecimentos que vai reconstruindo diante do leitor. Em cada caso, pessoas, lugares, fatos são acompanhados de todos os seus antecedentes e história. Os dados informativos, de fidelidade objetiva, sem restringir-se ao nível episódico, vão além da circunstância e transcendem os problemas cotidianos para penetrar na demonstração da sua casualidade real. Os condicionamentos políticos e sociais obrigam o escritor a assumir novas responsabilidades. Parafraseando o próprio Ricardo Ramos, podemos dizer que nossos contistas estão juntando, e fazendo-nos entender, o mosaico de nosso país fragmentado. O literário e sua distorção vital projetam, a par da corporificação de desejos eternamente adiados, a sua magia, símbolo de uma esperança de redenção.

Bella Jozef

Nota: Os trechos de entrevistas de Ricardo Ramos foram retirados do *Boletim*, nº 29, ano II, São Paulo, Global Ed., 3-9-1984, realizadas por Fernando Coelho.

CONTOS

A MANCHA NA SALA DE JANTAR

De repente, descobriram. E logo passaram a estudar o problema. Ela falando, ele pensando, cada qual para o seu lado. A parede que estava lisa, que imaginavam conservada, agora com aquela nódoa. Ela falava muito, falava sempre. Ele tinha o hábito de pensar. Ali confrontados, os dois separados, em frente da mancha.

— Se fosse na sala de visitas era pior.

Ele não podia concordar:

— A sala de jantar é uma coisa mais íntima.

Só então percebeu que a sala era dele. E não conseguiu disfarçar a raiva, apesar de continuar falando. No entanto ele pensava. Aquele sinal na pintura, enodoando a sua parede, como uma cicatriz.

— Tudo nesta casa dá errado.

Foi ela. Queira dizer que pedira orçamento, fizera comparações, adiara muitas vezes a obra cara. Renovação de cores, ambiente novo. Tal e qual um começo. Era o risco de mudar, como sabia. E de falhar, como temera. Agora havia a marca.

— Você aí parado, sem fazer nada.

Ele que tanto prometera a si mesmo. E que se esforçava por conseguir, abrir caminho, elevar-se. Apenas um pouco lento, de pensativo. Então, quando se resolvia, ela parava de falar e recuava. Decidir no seguro é o contrário do jogo. Que ela receava, mas afinal se aventurando cedia.

– Eu nunca tive parede manchada.

O mesmo que não sei, que fazer, essas indecisões. Ela falando parecia determinada, apesar de não dizer a que propósito. Ele calado era um mecanismo ronceiro, mas a caminho. Por um instante, houve a pausa de silêncio, a parede subitamente mais suja. Como se o tom escuro aumentasse, ganhando corpo, e tudo encardisse. No meio da cinza repentina, ele se levantou com impulso.

– Vou apagar eu mesmo.

Ia estragar tudo, ela disse. Por que revolver uma nódoa? Não imaginasse disfarçar, não conseguiria. E logo ele, tão desajeitado, que não fazia nada direito. Mexer naquilo era piorar.

– Pois vou.

Sobrara um pouco de tinta, sempre sobra. E o pincel de espalhar. Ele foi cuidadoso, queria afastar a menor sombra, passar tudo a limpo. Ela ficou olhando, sem dizer nada. Os dois com a sensação de uma coisa importante acontecendo na sala. Pela mão dele, pela voz dela. A parede então recomposta.

– Ninguém vai notar.

No dia seguinte, era o contrário. Via-se ainda mais. A mancha alargara, os bordos se haviam firmado, ela toda nitidamente. E castanha, oleosa molhada. Para ambos, estava uma coisa pessoal.

– Eu não disse?

Quem mandou remexer, uma nódoa pode aumentar, não dava mais para encobrir. Ele fitando a parede, na sua dúvida. Cresceria mesmo? Ou não cresceria? A mancha ali esperando, úmida. Que nova mão de tinta lhe vestisse o jeito nu.

Por três vezes ela falou, enquanto ele repintava a parede. Tinha sofrido tanto. As amigas reparavam (sim, um pouco sujo), a família também dava opinião (sempre desmazelada, você), parentesco e amizade se resolvem muito de casa – é preciso tomar decisões, ter vontade, a vida se faz. Só ela sabia o que passara. Para terminar assim, na verdade.
– Está feito.
Dito isso, calou-se. E pegando o jornal, e lutando com o seguir a leitura, aguardou o outro dia. Para ver a mancha renovada. Tal uma ferida que absorvesse o remédio, que dele se nutrisse. E alastrasse. Maior, aumentada, crescendo. Ferida.
Sem uma palavra, ele foi buscar o pincel e a lata de tinta. Mudamente pensando, se pôs a pintar, a cobrir a nódoa. Sentindo no gesto um quase hábito, uma espécie de ritual. Como se estivesse a repetir seu antigo contato com a casa, os cômodos, o ligar-se em conhecimento, sensações, o íntimo centro de tudo. Aí ela chegou, viu-o diante da parede, e foi dizendo:
– Não adianta mais.
A casa demolida. Para ela, talvez. Que seguisse nas lamentações, o tempo que foi, eu juro, não sei não, afinal de mulher esse falar repisado. Ele não podia ceder, era preciso manter-se como se nada tivesse acontecido. A mancha não existia. Ou podia ser apagada, então nunca havia existido. Deu o último retoque e foi sentar-se a um canto. Querendo apagar-se também.
– Viu? Viu o que você fez?
Ela amanhecera com a mancha, de novo aumentada. E simplesmente a entregara, era dele, coisa sua. Não houve surpresa. Para isso estava preparado, sentira mesmo que seria assim, aos poucos assumira a obrigação de combatê-la. O homem deve lutar contra o mal. Apagar seus

traços. Quando pegou no pincel, a mão lhe tremia. Controlou-se. E pintou com determinação, firme e ciente, como se estivesse fechando a porta a um dobre de sinos.
— Bonito, muito bonito.
Ela duvidando. Não acreditava nunca, e se amofinando esperava, certa de que viria o pior. Antes de saber, já falava. Por isso falava. Para ter ao menos seu minuto de certeza, quem não acredita precisa.
— Vai dar certo, vai dar.
Ele afirmando. Mesmo sem ter confiança, mesmo sem a garantia de uma vida com varandas. Mas como pode um homem cruzar os braços, deixar acontecer, não tomar a iniciativa do que virá? O resultado, afinal, importa menos. Ou não lhe pertence.
Diante dos dois, a mancha. Entre eles. Maior, e pulsando, e com um som particular que se ouvia na sala. Pela primeira vez ela teve medo. E pela primeira vez não falou. Que se vai dizer de uma ameaça? Ele, pelo seu lado, sentiu o perigo e o silêncio. Então passou a mão pelos cabelos, num gesto esquecido:
— Vou buscar cimento. É preciso raspar, encher o vazio, reconstituir. Volto logo.
Ela ficou sozinha. Por um momento, a mancha lhe pareceu familiar. Acabado o frio, findara a sensação de isolamento, vinha certa placidez. Como se tudo se acomodasse. A nódoa se dissolvendo, apesar de ali presente. Ou ele não estava recebendo, considerando, admitindo? O que é de costume tem muita força. Bom ou ruim, a gente vai-se esquecendo. O que afinal quer dizer aceitar. Da parede, o sinal a olhava meio distraído, não mais verruga, sem a cor escura, a umidade, pois se fizera tênue mancha na pele. Ela deu um suspiro.
O dia seguinte, no entanto, foi de chuva. E o cimento não secou. E o reboco não aderiu, nem a tinta se embe-

beu por igual. Em vez da mancha, ficou um pedaço escorrido, molhado. Como se a parede fosse um muro ao relento.
— Melhor deixar até amanhã.
Ela procurando adiar. Ele então concordando, tinha feito muito. Esperavam para ver. Um mais tranqüilizado, outro com o desconforto de não agir. Amanhã o tempo já melhorou. Era uma promessa, que por não ser dele podiam repartir.
— Piorou, sim.
Foi o que ele achou na outra manhã, com algum sol mas não claridade. Ela disse que nem tanto. E acalmada, insistiu:
— Deixe assim, para ver depois.
Ele estranhou a docilidade, uma voz sem espinhos. E não quis a trégua. Saiu da sala para buscar o pincel e a tinta, não era dos inativos, precisava fazer alguma coisa. Aproveitava, mexia naquilo de uma vez. Maior do que está não pode ficar. Ela de calma se fez receosa, quase pediu:
— Deixe para depois.
Um breve instante de espera. Que ele nem percebeu, ocupado com a lata nas mãos. A olhá-lo, ela se demorou aguardando a pintura acabar, de repente um pouco triste. As unhas deles estavam quebradas, encardidas, os dedos pareciam mais velhos. O tempo e a mancha corriam depressa.
— Assim está bom.
Esforçado, sempre. Com o senso de dever, do trabalho, da energia que é necessário dispender para se conseguir qualquer coisa. Nada lhe viera por acaso, nada recebera de mão beijada. Tudo com esforço. A vida um desdobrar de miudezas, uma para cada sacrifício. Ela o observava e compreendia. Aí a mancha voltou, de novo sua, desesperadamente.

21

E os dias se passaram. E todos os dias eram dias de pintar, retocar, esperar que a nódoa esmaecesse. Não muito, bastava clarear. Ficasse como um sombreado na parede. De se notar, estava bem, mas que não chamasse atenção. Desejavam apenas isso. Ela tornando a falar, ele que seguia pensando. Os dois juntos.

– Melhorou, não?
– É. Olhando bem, a gente vê.
– Mais uns dias e desaparece.
– É. Quem sabe...

Então, sem que nenhum dos dois reparasse, deixaram a mancha na parede. Não a perderam de vista, mas deixaram que ficasse. Na verdade estava bem mais clara. Entretanto, continuava. Uma presença, um gesto, um sinal talvez. O fato é que certa manhã ele saiu para o escritório, depois do café, sem ao menos olhar na sua direção. E ela simplesmente ficara sentada, sem ter notado. Mas de alguma forma concordando, quem sabe esqueciam.

Daí em diante, ela voltou a falar, a queixar-se, a lastimar sua vida, a tudo o que antes fazia. Ele ouvia quieto, e mais pensativo se tornava, não muito mais. Os dias sucediam-se, lentamente. Como eles sentiam que a parede não ficara. Mas não chegavam a pensar naquilo, já lembrança de se afastar. Um pouco mais, quem sabe, desapareceria. Habituavam-se com a omissão e dela perdiam a memória. Um tempo que se põe de lado, arrancando.

Até que realmente esqueceram. Tanto que uma noite, quando falava de súbito enervada, ela soltou:

– A mancha que você fez.

Ele apenas levantou os olhos, ela desviou a vista. E de novo esqueceram, os dois na sala de jantar, para sempre. Só que às vezes, se estão vendo televisão e mesmo sem querer ele a fita, e repara no lábio superior que vai descaindo, ou no livro que para ser lido se afasta mais e mais, uma enorme pena toma conta dos seus braços. Que estão pendentes, como se assim tivessem vivido. Então ele pára de pensar.

A PITONISA E AS QUATRO ESTAÇÕES

Vaga morna o calor. Envolvente mantilha de verde trama, ou campânula baça, redoma, onde azuladas gotas se grudam à pele. Como agulhas ao sol. Ferindo as calçadas, os edifícios, aqueles sufocados sons que turvam a cidade. Uma cinerante camada recobre as árvores quietas, caladas, sossega a visão do tráfego. Poeira fina, gosto de incêndio. Ela vem ao meu lado, com as afogueadas cores do verão. No vestido, nas unhas, nos cabelos que lampejam uma claridade súbita. E andando e sorrindo ela me diz:
– Você é moço. Tem a vida inteira pela frente.
Eu respondo sim, penso que talvez, acrescento sim e não. Ela de novo sorri, andando espera o que virá. Eu sigo falando e refletindo, as palavras dizendo menos que o imaginado, e no entanto prevendo, desviando, conduzindo as idéias. Com muito de impressões e de sentido. Agora sou moço, sinto que sou, e os meus passos têm essa cadência um tanto elástica do bicho em começo. Você percebe, não? Como ontem à noite, antes de ontem à tarde, hoje de agora. Aquele instante na janela, depois do banho juntos, olhando os telhados que se inclinavam para a rua lá embaixo: aquele outro momento em que respiramos ao mesmo tempo, e o ritmo do alento foi subindo, crescendo, até que de repente falhamos iguais,

somados, afins como um refrão; e este de manhã, você que adivinho, distingo, encontro, você que misturada me vejo a andar, e nesse através sou um jovem sem espantos, silêncios, temores, a vida tomada pelo que é, não aceita no que significa, já pode imaginar uma juventude assim recriada e transparente? Hoje somos, passados a limpo. No entanto, fui bem mais velho do que afinal me reconheço. Houve época em que me preocupei com meus feitios, minhas modas, as palpitações bruscas de uma incerta voz, sem reparar que essa renovação era de fruir-se, aproveitar descuidado, e não perdê-la em triste lucidez. Como defender a magia de um rapaz? Como proteger os seus espelhos, as suas lâmpadas, aquele brilho cego de inesperadas centelhas? O moço é um erradio que fere as asas, diariamente lambe as suas feridas de voar. E há um freqüente suicídio na mocidade esvaída em trabalhos. Será próprio dessa estação desperdiçar-se em canseiras, enquadrar-se logo na antecipação, acordar tensamente para os limites de tão dura geografia? Creio que não. Mas existe, e é uma pena. Ainda cedo, repara-se que a regra se instalou, foi afastando o improviso, substituiu o sangue, as unhas com o seu desenho, um jeito de perfil, e de repente nos deixamos para vestir uma roupa feita. Feita e adulta. Quando isso acontece, a salvação é saber. Maldita percepção que nos perdeu, está certo, mas a única saída talvez de emergência. Então você tira o relógio e fica nu, sozinho na estrada, e assim sozinho olha para trás procurando ver, encontrar alguma coisa perdida. Digamos um retrato à fantasia, uma cantiga nunca mais ouvida, o primeiro botão de um punho dourado. Faz anos, é verdade, faz sentido que seja importante. Para se ver onde acabamos, antes de continuar, para sabermos o que interrompeu aquele solo de assovio tão bem iniciado. Podemos descobri-lo, você não acha? Com alguma ajuda, de preferência, nada como se acordar uma antiga namorada. Isso de amor, confesse, é o que há de sério, de juvenil mistério, uma letra inspirada em música trivial. Súbito, descobre-se. E ao dançá-lo, com o ardor que acompanhava a revelação, repetimos nossas figurações antigas, os passos e volteios iniciais, para então pararmos e dar uma vista de olhos pela sala. É uma visão onde cabem todos os nossos perdidos, entre dois goles afinal reagrupados. O retrato arlequim, o verso de um rancho, aquela abotoadura que os nossos dedos agora tocam. Depois, não falemos por um instante. É necessário deixar que a certeza tome corpo, feita uma dor física, aumentando, explodindo, antes que venha a consciência dela. O jovem chegando como um embalo, crescendo, até nos tomar na sua vertigem. Aí, estando nela e recuados, ficando por dentro e ao mesmo tempo esfumados, o milagre se faz. Abarcamos, vemos que a juventude é avassalante, grande demais, enorme. Para nós mesmos. Para ser gasta de uma vez, em pouco tempo, como se apressados nos quiséssemos livrar dela, como se fosse um bem perecível e a prazo. Não, não é assim. Se não a usamos na distância que foi, podemos guardá-la. Como uma reserva de vida, incandescente luz renovada. É o que sinto agora. Com você, neste instante, vou na minha chama de gala. Sou jovem, não ainda, apenas sou. Eu minha juventude economizada. Eu a vida feita destes momentos. Pode não ser real, palpável, um dia pode não ser. Mas é assim que me vejo, para sempre.

A rua lá embaixo, dentro da noite. Os automóveis passando, com os seus faróis um prenúncio furando a neblina, caladamente. Através das amplas vidraças deste bar, primeiro andar, o asfalto é um caminho molhado, morto, abandonado como as árvores que naufragaram na

garoa. Mas aqui existe um som de aconchego, que nos separa do mundo, urbano e por vezes irreal. Terrivelmente urbano em sua voz mecânica. Ela está sentada à minha frente, e tem no rosto as cores de um luminoso que da outra calçada, marquise, se reflete laranja, amarelo, vermelho. Ou será o outono, esse tom gradual? E pegando no copo e bebendo ela me diz:
– É bom ser assim tranqüilo. Você acredita.
Eu sorrio da tranqüilidade e da crença, pergunto se ela me vê tão simples. Não é bem isso, responde, quis dizer outra coisa. Mas não sabe explicar o quê. Então eu acho que sim, era aquilo mesmo, a gente se engana muito, nossas dúvidas subindo maré montante, e alguém quietamente estando, bom imaginar-se uma ilha em algum lugar. Melhor que seja perto. Infelizmente não existe, fala-se e o encanto se quebra, eu não sou. Gostaria, mas não. Afinal, onde é que temos essa placidez que você pensa, seguramente ancorada? Nunca a vi nem encontrei, é possível que haja, não a mereci. Fiz promessa, novena, rezei terço, segui procissão, ó comunguei demais, e nunca, nunca pude apagar essa nódoa escondida, essa mancha de sempre duvidar. Do que, você está perguntando. Se eu acreditava, onde estaria a dúvida? Não sei direito. Sei que ela vinha, de repente eu via que ela já estava, e era assim verdade, eu como um ator representando para mim mesmo, repartido a fingir, a não fingir, o que acreditava e o que somente ficava, aí não há mais salvação. Você não concorda? É a desconfiança, um estado que para mim se fez natural. Eu não creio, sim, eu desconfio. Houve tempo, há muitos anos, em que desconfiava do que não era deus, religião, certas normas. Veja bem, eu não confiava nisso, eu desconfiava do resto. Decerto já era um engano, sei, mas não aceito isso de ser crédulo, não nasci para aceitar, receio que exista muita gente desse feitio. O fato

é que desconfiava, e no seu exercício a dúvida se foi ampliando, englobando regras, igrejas, imagens, até não sobrar nada. Foi uma época de plenitude, eu desconfiava de tudo, eu duvidava largamente. Até que um dia, quando já aprendera que viver não cansa mas duvidar é exaustivo, fui tomado por uma grande surpresa. Confesso que nessa altura eu acreditava em alguma coisa, imaginava, no proletariado e no povo, na força organizada dos operários e camponeses com sua vanguarda esclarecida, e mesmo assim caí em tentação, tive um mal súbito de místico desvario. Eu vinha de madrugada para casa, dialeticamente pensando nos avanços e recuos de algumas formas de injustiça, quando sem mais nem menos fui envolvido de escuridão e chamado três vezes, aonde é que eu ia, reagi que para casa, estou indo, um homem é um homem, mas isso nada me valeu contra o frio, o suor, o medo invasor. Depois, contando a meu pai, ele disse o que eu pensava: o homem é um bicho muito estranho. De não se acreditar, concluí. A partir de mim mesmo, que não sou lá tão bem acabado, por que então confiar nos outros? E ainda cegamente? Veio nova crise, da maior desconfiança. No fundo, mais uma vez eu não acreditava era no resto: liberalismo velho, burguesia burra, ordem e progresso. De novo me confundira, cansado de tanta dúvida. Mas é preciso não esmorecer, desconfiar, duvidar sempre. Não aceitar nunca, não aceitar inteiramente nada, sob pena de ver-se de repente num desvio. Você não acha isso? Sei, sei que não acha. Há os que acreditam e os que não acreditam, como no poema. No entanto, a verdadeira resistência está com os últimos, os que não têm ilusões. É uma situação ruim, eu sei, acreditar deve ser ótimo. Mas que remédio? Só existe um, parece. Exercer a nossa capacidade de acreditar em pessoas, fazê-lo com gente, não exorbitar para além do humano. Um contrasenso? Não inteiramente, se você chegar até onde eu vou. Tome as nossas amizades, por exemplo, e repare os materiais de que foram feitas. Afinidades algumas, poucas, certos valores que admiramos, diálogos nem sempre. Então por que existem? Gostar não é resposta, melhor seria dizermos confrontar. Isso o que fazemos, convívio terá muito de conferir, ajustar, envolver numa só desconfiança nós e os outros, uma dúvida repartida não será menor? Não aceitamos inteiramente nossos melhores amigos, felizmente, porque as zonas de contraste são as que mais nos aproximam. E nessa harmonia, tomados globalmente os conflitos e mudanças, não estará o amor? Não responda, não é preciso. Sei que você me imagina diferente, eu com uma crença interior, eu com uma tranqüila maneira de ver o mundo. É possível que exista nisso um pouco de verdade, que não sei expressar em palavras, quem sabe. Devo acreditar em alguma coisa, acho que é preciso. Acreditar em pessoas, uma a uma, sem preocupar-me se elas chegam a multidão. Acreditar em uma futura desordem, já que não me devo conformar com esta ordem velha. Acreditar na vida, pois a morte se fez maciça desconfiança. É suficiente o meu pequeno credo? Para você, não será. Para mim a dúvida mesmo nele se insinua, forçando, roendo, minando a pouca tranqüilidade que me sobra. Talvez seja melhor assim. Como se pode viver de certezas?

    Frio lençol, cinzeiro frio. Claridade baça pelos estores, móveis difusos, o silêncio enovelado como um agasalho incolor. Não pensar como vai o fim-de-tarde. A cidade, esta peça à meia-luz, as roupas no encosto da cadeira, o biombo de cordas rompendo o vazio entre a cama e as poltronas. Feito barras num adro. As paredes são timidamente lisas, brancas. Há uma leve solidão no globo e na luz apagada.

Ela se ergue sobre os cotovelos, o pesado cobertor a escorrer-lhe pelos ombros nus e um arrepio de inverno no pé que busca minhas pernas. O rosto é branco, tem uma palidez acordada. E pegando meu cigarro e tragando ela me diz:

– Você sabe o que quer. Tem uma profissão, tem futuro.

Eu de repousado me fiz atento, com uma calma surpresa latejando em alguma veia pouco a pouco. E pensando e falando, e falando sem pensar reagindo apenas, fui mais perguntando que era aquilo de eu saber, de querer, uma profissão é o mesmo que o futuro? Me leve a sério, por favor. Que tal um exame de consciência? Estou pronto a fazê-lo, vou confessar tudo, mas não conclua depressa, aos pedaços, é preferível ouvir antes os meus pecados todos. Nasci pobre, pequena classe média me entendi, fui destinado a bancário, militar, caixeiro. Por que não tive um desses fáceis destinos? Subcontador acreditado na cidadezinha fluminense, oficial inferior em algum batalhão da fronteira, meu aparado bigode transitando numa loja de departamentos. Um curso me interrompendo, direito. E pude sonhar-me promotor, juiz talvez, de pausado viver no interior distante, os meus dias um longo processo, as pessoas todas partes e supracitadas. Antes que isso me deferisse, os jornais me publicaram. Fiz crime e senado, fiz turfe e econômicas, fiz tantas que cedo me desencantei, papel agüenta de tudo, a opinião pública é uma coitada, tudo se compra e se vende, o começo no exemplar de manchete com letras contadas, o meio e o fim não muito visíveis, todavia negociáveis. Deixei disso. E passei a escrever mensagens que vendem, a ter pequenas idéias que vendem produtos, a vendê-las a homens que assumiram o papel de vender. Talvez seja tudo mais limpo, assim às claras. Mas não que eu escolhesse, eu soubesse algum momento isso de querer, mudar, substituir uma profissão pela outra. Então fui levado, aconteceu por acaso? Também não. O fato é que não sei como começou, onde, quando, o que me fez deixar um caminho e seguir um diferente. Quem saberá dizer os seus instantes de opção? É provável que o difícil seja isso, isolar um certo momento, uma palavra, um gesto, como se tudo pudesse em dado fato ser resumido. Não existem resumos de viver. Creio que há justamente o contrário, uma enorme quantidade de rostos, ruas, movimentos, esse conjunto de formas e sons e gostos formando o passado. Empurrando o que fizemos, o que estamos fazendo. Levando a gente pelo futuro, no mesmo trem de seguir, deter-se e recomeçar. Você não acha? É possível ter certeza do amanhã? Como saber o que faremos, o que será feito de nós? Imaginamos o que virá no formato dos nossos desejos, confundimos o novo com o belo, o desconhecido sempre nos parece variado. Nunca foi assim, reconheçamos. O passado é que varia, de acordo com a nossa inclinação, porque ele nos pertence. O futuro não, é terra de ninguém, está para ser feito e ainda não faz parte de nós, como ter certeza dele ou do que nele nos reveremos? A verdade de cada um não existe em frases, oral, escrita, ficou nessa mistura de íntimas incertezas. O mal é querer formular, trazer à tona o que não se pode dizer claramente. Ninguém sabe o que quer, ninguém tem um futuro. Essas são coisas misturadas, que no entanto correm como pacíficas, tranqüilas, o passar cristalino. Até você, que me conhece e sabe da vida, até você se confunde. Onde entra nisso a profissão? Ligada ao querer, a um dado futuro? Não faz sentido, profissão é uma trilha definida, concreta, com princípio, meio e fim. Cada ofício tem suas regras, seu sentido, podemos extrair dele o prazer que o artesão encontra na obra acabada. Carinhosamente concluída. Com imaginação, desvelos de acento pessoal, uma dependência que é sempre burilada. Fazer da profissão uma carreira será excluir muito do seu lado reto, geometria particular e não ensinada, que só o longo convívio nos mostra. Um ofício é como a estrada em que se anda, não a pista de transitar, e deve-se olhar a paisagem, ouvir os seus ruídos, aspirar o que nos for dado em odor e terra. Um homem é sempre melhor que a sua profissão. Como o assassino é melhor que o seu crime. Entende, não? O homem vale sempre mais, está muito acima do seu exercício. Os cálculos de juros e o borderô são menos que o bancário, ensinar mão esquerda, mão direita, ordinário marche, atire fica bem antes do tenente, calçar uma senhora e preencher a nota de venda não chega às alturas de um caixeiro. Por que não encontrar o jornalista além da sua notícia, o juiz que não se acha no código? Quem vende tem a ilusão do palpável, o senso do transitório, e entre os dois pendula comerciário o mote de um homem. Como saber o que nós queremos? Basta saber o que somos, já é uma carga suficiente. Mais pelo que não chegamos a ser, infelizmente, dispersos pelo caminho. Não é isso mesmo? O trabalho não dignifica, nós é que o dignificamos. Com o que abdicamos de nós mesmos. De outra forma, onde andaria a glória do ofício? Somos nós quem a fazemos, ela só existe por nosso intermédio. Como dizer, assim, que temos uma profissão? No meu caso, diria que tenho uma atitude, um temperamento, de algum jeito uma defesa que me ajusta ao trabalho, me deixa em paz com o mundo e os outros, elas por elas. Posso falar em futuro? Isso é hoje, foi ontem, não sei se será amanhã. Nem sei se gostaria, tenho dúvidas. Mas isso por agora.

As árvores primeiro. Verdes, novas, de ramagens se enlaçando por sobre a trilha, teto, túnel, verdes passagens de elevada trama. Depois o ar, como um bem que se aspira brandamente, e aragem circula, e permanece, no entanto é vento à distância. Afinal o lago, centrando a larga praça. Nela os canteiros, nele a tona d'água, ambos desenhos. E a presença de flores dissimuladas, que se insinuam sem contudo emergir entre as folhas. Um primaveril postal.

Ela traz o domingo nas roupas, no jeito de estar sobre a relva. É como se um peixe de tenras escamas arrulhasse entre seus dedos. E levantando a cabeça para mim e olhando um olhar despejado ela me disse:

– Você é livre. Pode ir para onde quiser.

Eu não respondo. Ela também se cala. É como se houvesse dito uma coisa proibida, que explodisse alheia à nossa vontade. E no imprevisto daquilo, assim posto entre nós dois, fico uns instantes olhando a vereda e as nuvens, o pensamento arrebanhado para longe, seguindo qual um cargueiro tocado por invisível chicote. Não liberto, apenas se enganando em controlada fuga. Passado algum tempo retorno ao banco, ao gramado, à saia de muitas cores ali próxima. E no entanto continuo em silêncio. Por que não falo, por que me escondo errante e murado? Tinha voado em juventude, interrogado minhas crenças, me adestrado no ofício de sobreviver. Por que agora não digo nada? Talvez por haver distinguido na voz dela um tom mais pessoal, uma inflexão mais aguda a significar que falava da liberdade restrita, particular, um a livrar-se do outro. Demoro-me a examinar este ponto e resolvo que não. Ela tomava a primavera nos braços para me entregar como um símbolo, aceitar, recusar, não turvaria a oferta com uma ligação estreita, que se resolve imediata. Se assim era, um simples feitio de perguntar afirmando, por que não respondo? O meu passeio além das nuvens, da vereda vazia, para além do risco de um canteiro ensolarado, já me havia conduzido a uma vereda final e incomunicável, eu a estou acalentando nos braços desajeitado e tristemente. Como dizer-se não ter para onder ir, não pode sair do círculo? Não é de confessar-se, de gritar aos quatro ventos, isso de estar-se preso a um estreito quintal. Amarrado a um mourão, com poucos metros de corda. O suficiente para a impressão de movimento, mímica, faz de conta, mas não a verdadeira jornada sem destino. Toda viajem depende do seu fim, a chegada precisa estar antes, com visto e aprovação. Sob pena de não sair-se para parte alguma. Uns se enganam, outros ficam sempre em casa. É difícil não sair de casa, anos e anos, até que a morte nos aposente. No entanto, melhor isso que o arremedo, o programa pré-estabelecido de passear, não passar além do bairro, não deixar os limites da cidade, o fosso é a derradeira barragem de não transpor. Ir depois dela será perder a roupa, os cabelos, a pele. Quem lastimará o roubo do relógio de pulso? São poucos os que atravessam a fronteira e conhecem o desconhecido. Mesmo assim, não voltam para contar o que viram, e se voltassem a sua linguagem seria diferente, mais uma língua de confundir que de revelar. Os que se vão atestam o bom senso de não ir. Medo, conformação, o natural de não mudar? Tolice. O medo é antes, não se tem medo de estar preso. A aceitação, a mudança, todo o resto foi imposto. Os que não partem já se deixaram prender. E a fuga encontra cercas de espinhos muito altas, e desertos, e armas, e vagas maldições todavia escuras. Fugir, não se aconselha. A liberdade é onde estamos, por que buscá-la onde não somos? Para que procurá-la além de nós? Melhor nos recolhermos em silêncio, e dela nos impregnarmos densamente, como se a sua magia fosse um palpável rito inaugural. Melhor pensar um quadro, um verso, uma frase de música. E com a folha em branco diante de nós, a exercermos. Só então ela viverá, pois não a receberemos para nós sozinhos, mas a distribuiremos com os demais. Ela não se dá a pessoas, mas às gentes. Quando nos chega, assim no solitário, é que seremos os seus intérpretes. Para nós, um homem na cidade, ela não existe. Para nós, um homem diante da folha em branco, ela pode existir. E em verdade existirá, se não nos acostumamos com a sua falta a ponto de não saber-lhe o nome, de não saber chamá-la. O perigo é esse: o não ter mais condições para invocar a primeira palavra. Somente atrás dela virão as outras, e somente assim farão sentido. Para nós, para os demais. Ser livre é saber chamá-la, merecer ouvi-la, poder escrevê-la. Sem ser preciso ir a lugar nenhum. Aqui, agora. Sempre.

– Não sou livre, ainda não. Mas não quero ir a nenhum lugar.

A TRAGÉDIA VENCEDORA

A rua sob a chuva, dentro da noite, e no entanto em vigília. Como um bicho imóvel. Ou a sua gravura, que morna respira. Contra a sombra ao fundo, um indefinido pêlo turvo, o contorno de cinzas. E o claro dos olhos, que se multiplica, são janelas de fria luz fixa.

Cortinas e estores não disfarçam a íntima claridade. Ela se filtra, azul, e vem cair no asfalto molhado. Dividida em feixes, indecisos cones, muitas réstias que deixam as órbitas vazias numa cintilante mirada irreal. Com o recolhido silêncio, essa luz aumenta e fere, de repente presença, súbita ameaça, qual um assovio sem dono.

As casas estão mortas. Neste inverno, nas noites de chuva, todas as casas morreram. Mas não se apagaram as suas janelas. Por trás da úmida escuridão, além das árvores, dos muros, das cercas de ficus, elas permanecem velando. Acesas. Sentinelas da rua, do bairro, da cidade. Tocheiros pulsando sem aquecer, apenas fitando os limites de reduzidos jardins.

Os homens das casas se acreditam vivos, mas estão parados, sentados, calados. Diante da luz que sai pelas janelas, que às suas costas se crava nas ruas. As poltronas são quentes, a noite é lá fora, aqui imagem, som, a doce claridade movimentando a tela. Por que levantar-se, pensar, descobrir o desenho da chuva no portão? Estes são momentos de ficar, restar, momentos de receber, com um dom, a iluminação que se deve fruir quietamente. Um milagre, posto ao alcance de todos. O importante é que ele se repita, a um simples gesto, girar de botão – e a luz se faz, intensamente a luz se faz dentro da sala. Se ela não vier, é que eles não são dignos. E as suas janelas se apagarão.

A luz da tela é uma dádiva. Se não a temos, nós nos sentimos em toda a nossa verdade. Se não a vemos, nós nos perdemos em casa dentro da cidade. Nós lúcidos, nós desencontrados. A um só tempo, a descoberta e o não ter, o compreender e calar-se. Assim ilhados, sem fala. A luz evita isso, afasta o perigo, nunca nós sozinhos, nunca fora dos muros, a luz nos comunica a sobrevivência.

Sem distinções, ela nos salva. Aos mais simples, traz um homem com flores no chapéu, de roupas e gestos estranhos, que diz coisas sem sentido; os simples têm imaginação para entendê-lo e apreciar a sua figura grotesca. Aos mais médios, expõe uma senhora com visitas, ela falando a todos no mesmo diapasão comum, risonho, tão ingênuo no seu mau gosto; os médios se encontram nela, vêem que poderiam repeti-la e se acham promovidos. Aos mais requintados, empresta homens que lutam num ringue, homens que atiram junto a um curral, homens que se aventuram em cavalhadas loucas; os refinados precisam disso: como pode alguém se excluir da violência, despedir-se da aventura? A todos ela salva, descobrindo para cada um o seu tom exato, a sua dose certa de azulada luz.

O temor é que falhe, dado instante o botão não responda. Para que isso não aconteça, as pessoas farão sacrifícios, se deixarão imolar. Que o braço, no caminho do gesto, se esqueça dos seus músculos e retorne seco.

Que a mulher ao lado não mais o abrigue e se extinga, antes que as suas pupilas não se contraiam ao clarão luminoso. Ou que os seus filhos não tenham futuro, se interrompam em prematuras velas. O braço, a mulher, os filhos, são bens passageiros. O homem sabe disso e não há nenhum desconforto. Pensarão o mesmo, todos pensarão o mesmo a seu respeito. Antes a mutilação, antes a morte de um que a morte da luz. Ela deve brilhar sempre, na sua dádiva diária, no seu permanente milagre.

Como agora. Chove na rua, no bairro, chove por toda a cidade. Mas a luz está brilhando em cada lar, tal legítimo deus caseiro. Não lembrando o passado, não refletindo coisas mortas, ela se faz de contemporâneo. É a chama do atual, emoldurada na forma de hoje. Acendeu-se após o jantar, e já contou de guerras modernas, de canções modernas, de utilidades que são desejos de gente moderna. Agora, para os milhares que estão diante dela, para os que vivem com ela e só nela esperam, chegou o momento mais alto dessa noite de inverno. Agora vai começar o programa. E na tela surge o seu mensageiro, com o sorriso de quem desvendou todos os mistérios.

Ele é jovem e fez da sua mocidade um estandarte, que levanta com a firmeza dos que não têm dúvidas. Ele sabe a quem se dirige, conhece o seu público, tem a convicção de que pode ser impunemente afirmativo. Seu trabalho é comunicar, um verbo sem resposta. No tempo em que os homens tinham preocupações de conhecimento e propunham o humanismo, ele sem dúvida não aparecia na tela, é possível que ela nem mesmo existisse, aquele era o primado, o império do diálogo. Mas hoje temos a luz, e a luz comunica, e a comunicação é o monólogo. Que o jovem pode levar a termo, que é próprio dos jovens. Ele se interrogou e escolheu o que dizer, acredita no que irá apresentar, sempre houve aplauso a tudo o que antes expôs. Daí a confiança, o tranqüilo domínio de si mesmo. Os outros, a sua platéia que se distribui por dez mil quarteirões, esperam dele somente a sua juvenil certeza. Nada mais. Por isso também ele traz a luz como um sorriso. Certo de que é uma escolha, um ofício, a sua maneira de viver propagando, divulgando, comunicando, sem ao menos desconfiar que foi ela a selecioná-lo entre muitos, ela espírito quem o conformou, ela máquina que o moldou, e agora as suas próprias idéias estão computadas. Existe apenas a ilusão de liberdade. As mais belas traições são feitas aos jovens, que só vão entendê-las quando não importam muito.

O mensageiro da luz diz a que veio. Este não é um programa para poucos, foi elaborado com demoras, é um programa forte, denso, capaz de agradar aos simples, aos médios e requintados. Agradar como prender, confinar, impor as paredes da sala contra o vasto acampamento da cidade. Os homens de novo tribos, que se repartem pelo número de fogos, os homens reunidos em pequenos grupos ao redor de suas fogueiras, diante de suas luzes. Ouvindo histórias, tentando contar sagas. A de hoje, um tema de profundo interesse humano. O tema da dor, do solitário sofrimento, da miséria elevada ao drama. Ou tragédia mesmo. As histórias da cidade grande, arrancadas ao seu labirinto, histórias que vieram de insuspeitados e sujos lugares. São contos reais, documentados. São contos de profundo interesse humano e palpitante atualidade. Repetimos, senhoras e senhores, histórias de profundo interesse humano.

O jovem diz isso para criar atmosfera, como uma introdução ansiada, a necessária marcação que antecede à entrada do primeiro caso vivo. Mas não se pode impedir um ligeiro frêmito, ainda não um pensamento, antes uma sensação – ele está chocando, violentando os espectadores.

E isso é contra a luz, a orientação da luz, o programa é para todos, este programa que se destina a simples, médios e requintados, a ninguém é dado contrangê-los. O jovem continua sorrindo, mas por um segundo houve nos seus dentes um lampejo malsão, de sardônica alegria. Ou de rebeldia? Inconsciente, é certo. Porque a sua atenção já se voltava para a convidada entrando, negra, de meia idade, encolhida como os humildes. Ele deu boa noite. Ela mal respondeu. E com exuberância o jovem fez perguntas, e pouco à vontade a mulher respondeu. E na simulação do diálogo, a primeira história veio à luz.

Eu me chamo Sebastiana dos Santos, tenho 46 anos de idade. E tenho sofrido muito. O meu marido, o José, está preso vai fazer três anos. Ainda demora tanto para sair. Eu lavo e passo roupa, com duas bocas para sustentar o trabalho é muito. As meninas ajudam, agora que não podem ir na escola, mas têm que fazer o serviço de casa. Fico mais sozinha. É, sim senhor, outro dia me deu aquilo. Eu ia pela estrada, ia buscar roupa na casa de uma freguesa, e caí no chão. Passou um carro, dois rapazes me socorreram. E me levaram para o hospital, onde fiquei a noite inteira, vim embora no dia seguinte. O médico me disse que é o coração, não posso fazer força, não posso mais lavar e passar. Me disse que não, senão eu morro. Que é que o senhor perguntou? Os dois rapazes? Não sei não, não fiquei sabendo nem o nome deles. Quando eu saí de manhã, estavam me esperando, me levaram de carro até em casa. Mas não sei quem são. É, ainda existe gente assim hoje em dia. Está direito, não posso mais trabalhar. E quem vai sustentar as meninas? Estão ficando mocinhas, numa idade ruim, tenho medo que virem coisa ruim. É isso mesmo, não é? Eu conheço o mundo. Se não tiver dinheiro, não posso pagar a prestação do terreno, vou perder a casa e o que já dei por conta. Vou perder, sim senhor. Vou perder a casa, o terreno, ou perder as meninas. Por causa do coração, que não me deixa trabalhar.

A mulher começou a chorar devagarinho e a sua imagem sumiu-se da tela. Entrou um filme de sabonete, espuma cremosa, embelezadora, um bálsamo para a sua pele. Terminada a mensagem de esquecer, voltou o jovem entrevistador. Sem sorrir, sem apressar a voz, agora um discreto senhor da luz que o enviava. Os menos atentos o viram pausado e comovido, os mais argutos sentiram uns longes de vitória na sua inflexão estudada. Na verdade aquele era um bom momento. Ele se achava um excelente produtor, um apresentador como poucos. O legítimo orgulho profissional insistia nos seus ouvidos como um ponto: saiu ótimo, saiu perfeito, você é genial.

E ouvindo aquela voz, ele passou à segunda história. Essa mais difícil, que não podia seguir no fingido diálogo, o menino era quase mudo. Um pequeno bruto de treze anos. Veio, postou-se ao microfone. Mas foi através do jovem que falou, afirmando de cabeça, vez por outra soltando alguma palavra mal articulada.

Serafim da Rocha, sou do interior. Desde os onze anos que puxo enxada. Eu, meus irmãos, meus pais. Um dia, apareceu um homem lá na fazenda, era gente do dono, e falou com meu velho. Queria me trazer, com um irmão, aqui pra São Paulo. Minha mãe não deixou, ele então explicou direitinho. Era uma roça perto da cidade, era para a gente vir mesmo, senão mandava todo o mundo embora. Aí eu vim, com meu irmão mais velho. Estamos lá para bem um ano, é um lugar perto de São Roque, nós juntos uns cinqüenta meninos. De dia ficamos no roçado, de noite no barracão. Domingo, é? Tem serviço também, mas não de enxada, só coisa leve. Depois vamos dormir, no chão sim, em cima desses sacos. Faz frio, faz.

Não, a gente não recebe dinheiro. Diz que já estamos devendo, teve a viagem, tem a comida, ainda é preciso fazer conta. Em menos de dois anos não dá pra pagar. Estudo não, não tem. Um, grande, sabe ler. Parece que também outro, não sei. Ler pra que, não é? Ora se tenho saudade! Eu me lembro de casa, era bom, muito melhor. Como é que vai ser agora? Não sei não, seu moço. Sei que estou com medo, é. Medo de voltar pra lá, medo de não chegar até em casa. E meu irmão? Como é que vai ser com ele? Ainda está lá, ainda não saiu. O senhor é quem diz, se o senhor diz está certo. Eu acredito, não está vendo? Se eu acredito em coisa ruim, que dirá nas boas... É, tudo vai melhor. Espero.

O rosto do menino, sério, como o de um velho, demorou-se um instante na tela e foi-se afastando. Começou então um outro filme, de sabão, detergente, branco tão branco, nas roupas, na alma, no corpo, alucinante virgindade recuperada. Terminou e surgiu o jovem. Ele na luz, agora visivelmente satisfeito. Tomariam providências quanto ao menino, aquilo trabalho escravo, exploração de menor, não se podia admitir. Havia esperança na voz, havia a dignidade ofendida. Mas sobretudo alegria. Que achava o auditório, não era de se denunciar? O auditório, essa amostra dos lares sob a chuva, respondeu que era por meio de palmas. Palmas para ele também, o produtor, o jornalista, o intelectual, ele o que se comunicando com milhares vai tecendo os seus enredos. De profundo interesse humano. Ele e sua luz, ele que é a própria luz, ele que se fez da luz e é o seu aprisionado arauto. Alegremente. Porque vem agora um tipo de grande força, o prato de resistência do programa. Ficou para o fim como apoteose, bastaria esse homem para uma excelente noite. Agora o bom diálogo, o verdadeiro, este sem dúvida o melhor programa do mês. Ei-lo que surge.

Severino Francisco, às suas ordens. Vim de Piancó, num pau-de-arara, eu mais a mulher e os filhos. Vim já meio quebrado, pra mais de quarenta e cinco anos, cheguei aqui sem nenhuma serventia. Foi o que acharam. Nem construção, nem carreto, nada de serviço pesado. Então eu dei de vender coisas. Pente de plástico na estação, refresco em campo de futebol, bandeirinha em 7 de Setembro. Feito mascate. Ou fui bater palma em porta de loja, entre, venham todos, nunca se viu tamanha liquidação. Não dava pra nada, mas eu ia vivendo. Até que até isso me faltou. Não se arranjava um osso, um mandado, uma história qualquer pra ganhar um pão. E veio a fome, aquela derrota, e depois da fome uma agonia. Fui ficando azoado, só pensando nos meninos, som o sentido só na mulher, coitada, e então um dia eu fiz a besteira. Roubei, sim senhor. Dizer que não tenho vergonha, bom, mas eu andava precisando. O diabo é que fui infeliz, me pegaram com a boca na botija. E me prenderam. E me levaram pra longe. Fiquei mais de ano enfurnado, sem ter notícia dos meus. Quando saí vim de rota batida pra ver eles. O senhor encontrou? Pois eu não. Tinham sumido, sem deixar rastro. Não sei pra onde foram, mas imagino. Devem ter voltado, a estas horas deve estar tudo em Piancó. Se eu arranjar trabalho, faço economia e pego um caminhão. Não vejo a hora de também voltar. Mas eu sei que é difícil, anda tudo uma paradeira. Ou será que eles desconfiam de mim? Ou não entendem o que eu digo, me acham aluado? Sei não. Sei que um dia volto. Não vejo a hora.

 O jovem encerrou a entrevista. O homem saiu da tela, acompanhado pelo sorriso de condescendente simpatia. E o jovem se voltou para o seu público, o de casa e o do auditório, e se pôs a falar. Tinham ali três histórias, três documentos vivos. Qual a miséria maior? Qual o maior drama? Que tragédia seria considerada vencedora,

vitoriosa, triunfante? Escrevessem, votassem. Havia a negra que chorava, o menino calado, o homem de linguagem diferente. Qual dos três o vencedor? A resposta estava com os espectadores, era o público a fazer a escolha. E não esquecessem, valiosos prêmios aguardavam a carta sorteada.
 Recapitulemos. Na primeira semana do mês, quando trouxemos aqui flagrantes dos bairros mais pobres da cidade (qual o mais infeliz, estão lembrados?), ganhou D. Maria do Amparo, moradora do Tucuruvi, Rua Projetada, sem número. Na segunda semana, falamos de crianças excepcionais, contamos aqueles casos de professoras, lembram-se das meninas que vieram aqui, e a carta sorteada foi a de D. Aurora Ortiz, residente à Rua Passo da Pátria, 1968, no Ipiranga. Agora vamos escolher o felizardo entre as cartas do último programa. Aquele sobre hospitais, faltam milhares de leitos em São Paulo. É triste, sabemos, mas a verdade precisa ser dita. Vamos embaralhar as cartas, misturar bem, jogar para cima um monte delas. E pegar uma no ar. Assim. Abrimos agora. O vencedor é... aqui está: D. Antonieta Pucci, endereço Rua Eudóxia Prado, 32, no Brás. Escrevam, senhoras e senhores. Dêem a sua opinião sobre o nosso programa, respondendo esta semana a uma pergunta simples: qual a tragédia vencedora? Escreva. E ganhe um milhão de cruzeiros, como acaba de acontecer a D. Antonieta Pucci, a sorteada desta noite.
 Fluente, sorrindo, o jovem falou ainda mais alguns instantes. E a cortina se fechou, escondendo seu porte correto, sua gravata borboleta, seus dentes de agressivo brilho. Então as pessoas se levantaram e os botões foram girados aos milhares, as luzes se apagaram e as ruas sob a chuva perderam suas réstias azuladas. As janelas quedaram como olhos de vaga cegueira, os jardins se encolheram mais nos seus limites. A cidade sofreu um pesado aumento de sombras.

Mas dentro da casa, a vista se acostumando ao milagre findo, de repente se sentiram todos mais aconchegados, mais confortáveis. Por que não mais felizes? Lá fora está a chuva, o frio, o escuro abandono. Aqui o tépido som de um lar. Os casais mais velhos se recolheram seguros, afinal tinham lutado por essa tranqüilidade, uma vida inteira em paga. Os maridos mais novos descobriram suas mulheres, e elas os apaziguaram, e se apaziguaram também, um pouco menos, que as mulheres têm reservas de lucidez. Durmam. Amanhã a luz trará um novo musical, espetacular, com três horas de duração.

MATAR UM HOMEM

Nas tardes de sábado, como não se trabalha, acontecem coisas menos pacíficas. Há um comício feminino, a que alguns homens assistem, para ver suas mulheres em fúria sagrada, cruzada, civicamente boicotando o empoeirado comércio local. Há um grupo de escoteiros passando a caminho da estação, os meninos com espinhas e o chefe encorpado, suas fitas, seus emblemas, o ar saudável e burro, no entanto grisalho feito um homem. Há uma enfermeira de plantão estudando inglês, um pederasta que apanha e chora, um bêbado estendido em cruz na calçada. O pastor, o guarda, o médico, todos olham e não dizem nada.
Esperam a noite, com as suas estrelas e o seu jasmim, talvez um inesperado sangue. Mas é apenas a tarde, quatro e meia da tarde. Torva, suada. Quando ainda se contavam as crianças, havia no subúrbio vinte mil em idade escolar. Um terço de pretos e mulatos, os outros dois quase brancos. Eles continuam cantando hinos, escrevendo seus nomes nas carteiras, aprendendo que Deus existe e brasileiro se fez, a pátria é o céu azul, e a família cabe inteira na fotografia do ambulante. Amanhã, a lição ficará um pouco desbotada. E talvez por isso mais lembrança.

A tarde, entretanto, é morna como um bicho vivo. Selvagem também. Arranha, uiva, nos sons que um rádio acelera sobre as calçadas, canto fanhoso, insistência aloucada e estrangeira.

Adalgisa se levanta acalorada e deixa o noivo na varanda, entra para ir ao banheiro. Ele fica se endireitando, cearense e feio, há oitenta mil no Rio de Janeiro, muitos se arrumando, suando a fumar, noivando em subúrbio, Edmílsons de Melo, mais ou menos.

Horizonte que se estreita, para além das árvores, e aponta uma nesga de cimento recortada contra o céu. Os edifícios vão em direção ao centro da cidade. Desenho baço, que Edmílson olha sem ver. Está lembrando, querendo o blusão de couro, escuro quase negro, com fecho e tachas prateadas, o fino do bonito na vitrina da Rua Larga. Mas devia ser caro, muito, para mais de vinte mil. Também não fazia mal, esperava, era bom que até lá passava o calor.

Apaga o cigarro, a brasa contra a sola do sapato. Adalgisa voltando. Será que viu o gesto displicente, estudando, igualzinho ao daquele sujeito no filme de televisão? Vai aprendendo, sim. Vai ficando um homem diferente, moderno, vai aprendendo umas coisas.

Péssimo é Adalgisa de novo gripada. Ninguém diria, vendo aquela saúde de formas, que andasse na tosse e no lenço. Por causa disso agora se afastando, sem querer nada.

– Bobagem, se chegue.

Ela insistia que não, é anti-higiênico. Ele então concorda, deixa pra lá, não pense que ignora. Vai aprendendo. Lera numa revista, seleções, que mulher fica mais gripada que homem. Será verdade? Deve ser, ora, isso e tudo mais.

Adalgisa está afastada. Edmílson tem um ar distante. Os dois avulsos, olhando a tarde cinzenta, apesar do sol.

No muro fronteiro, fita amarela, meio que apagaram um letreiro a piche. Ainda se pode ver que fora irregular e a favor de Cuba. A favor ou contra, duvida Edmílson. O avô dizia: se eu fosse governo, encostava essa cambada na parede e passava fogo. Isso é que é falar, merecia.
Vai aprendendo coisas. Natação e judô, para fazer figura na praia de Ramos; um pouco de escrituração, que precisa fazer carreira na companhia. Sabe se apresentar, sabe usar os talheres, já agüenta uma hora de conversação. Variada. Agora tem suas opiniões, sua maneira de dizer.
Tarde e subúrbio, aquela agonia de calor, de música, o muro, a poeira, uma luta invisível.
— Vamos ao cinema hoje?
Ele se volta para Adalgisa, encolhe os ombros:
— Tem algum filme bom?
— Deve de ter.
Edmílson sorri superior, mas não diz nada. Deve de ter é burrice, não se fala assim, aprendeu faz tempo. Ainda no Norte. Mas Adalgisa não desconfia, ele cansou de corrigir, ainda será capaz de se habituar.
— No Penha tem um de iê-iê.
— É? Se quiser.
— Mas você está sem vontade...
Sem vontade mesmo. Não do calor nem da poeira, talvez do muro amarelo, ali fechando a vila, três casas de um lado, o pequeno largo depois, nos fundos, então a casa maior. Com varanda também. Melhor do que esta, mais ampla, que serventia pode ter um grande alpendre? Para sentar-se à poltrona, de paletó de pijama, bastava um dois por três, era metro de sobra. Até melhor, mais íntimo. Diabo é que Adalgisa não acha isso, agora não acha, fica pra lá. Então prega os olhos no muro, amarelo parado, e vem aquele sentir-se de gaiola, a bem dizer preso.

O alto-falante para os lados da igreja. Palavras que não se percebem, brigando com o rádio na música rasgada. O crescer de sons, contra a tarde e o muro, faz mal a Edimílson. Ele se chegando a Adalgisa, que o afasta:
– Olhe seu Valdir.
Era o vizinho do lado, aparecido no arremedo de jardim, uma ilha de verde no cimento quebrado. Seu Valdir paletó de pijama acabou de fazer a sesta. Couve com feijão, cerveja, sábado não se dá por menos. Na porta da frente, o número 1927. Para Edmílson, tudo que via dos anos vinte, antes dele nascer, era antiguidade, cinema mudo. Seu Valdir também não falava, reformado estava, velhíssimo tenente de marinha, qualquer coisa assim como fuzileiro, qualquer coisa.
Vizinhança é o fim. Casa de vila, uma grudada na outra, o muro defronte, onde se vai parar nesse trem de vida, viver nesse engradado? Nem conversar direito se pode, nem isso nem nada. O padre no alto-falante com voz fina diz: vinde todos. Vinde é um jeito bonito de falar, pena que não se usa. Não cabe em lugar nenhum, na vila, na varanda, na tarde meio que triste. Apesar do rádio guitarra, seu compasso insistindo que é jovem, acabou-se a poeira, o calor, apagou-se o número 1927.
– Seu Valdir está dizendo um negócio aí.
Levantou-se, um passo no caminho do portão.
– Tem um barulho na casa do fundo.
Suspeitoso. E no mesmo tom ciciado, os dentes um tanto soltos:
– O povo de lá está pra fora. Não devia ter ninguém, mas tem. Ouvi vozes.
Edmílson abriu o portão, foi para a calçada. Ladrão se corre atrás, se corre até cansar, até que ele pare e entregue o chapéu que roubou. Também porta-chapéus não devia ficar tão na rua, logo de entrada, e ainda com janela aber-

ta por causa do calor. Uma vez, acompanhando o pai, correra menino pra lá do trilho do bonde, no outro lado do bairro, vergel é que era.
— Melhor buscar o revólver.
Seu Valdir entrou, ele ficou ali esperando. Bestando. Pra que arma, que história! Na outra casa nada, tudo calmo, um calor pasmado. E Adalgisa sem se mexer, feita quadro pintura.
— Pra que revólver? — ela disse.
Ele não respondeu nada. Não acreditava, não devia ter ninguém lá. Tinha era na outra casa, a terceira, onde morava seu Bastos. Que estava saindo, já na rua e perguntando o que é. Explicaram.
— Na casa da mulher?
Era sim. Com o alto-falante da igreja, ressoando na tarde, os discos do rádio se aquietavam fanhosos, mais baixos, cada vez mais. Ou não queria mais ouvi-los? Edmílson dizia que sim, que era, na casa da mulher. Como se ela não tivesse marido. Ela como se fosse sozinha, o *tailleur* preto, a bolsa grande, passando toda boa e pintada, de carro ainda novo. Ela que trabalhava no Catete. Por isso a casa maior, a última, de frente para o larguinho que terminava a vila, um picadeiro de cimento. O marido, vagamente atrelado, não era não.
Seu Valdir de volta, o volume do revólver no bolso da calça. Tomada rápida de posição, os três ali, conferência. E foram ver.
Pisando o calor suburbano, Edmílson vai pelo passeio ao longo do muro. Ele e os outros, vão todos calados. Meio que fita de cinema, ruazinha do oeste, andando com o silêncio para o duelo.
Na varanda chegaram, depois de passar o portão. Viraram o trinco de macio, porta aberta. Entraram em fila e se abriram em leque, igualzinho guerra, seu Valdir fuzileiro.

Casa vazia e remexida. Ladrão mesmo, acreditaram vendo as gavetas, coisas viradas, desarrumadas, pelo chão. E estavam nisso acreditando, quando ouviram o barulho de leve, se arrastando e passando, pela área do lado. Correram de volta e a tempo, pararam na entrada olhando. Eram dois. Um moreno, cabelos grandes e ondulados, calção de banho, medalhinha de corrente, chinelos de borracha. O outro agateado e mofino, olho azul, quase uma criança. Os dois crianças, muito, um aí por volta dos vinte, se tanto, o outro ainda menos.

Mas ferozes, pareceu a seu Valdir de revólver na mão. Pena que não pudesse barrar o caminho, a saída, eles iam-se arrastando colados à parede, as mãos para trás raspando a caliça, como se equilibrando, se escorregando, do portão já estavam perto. Por isso levantou o revólver apontando, não dessem mais um passo, iam ver. Aí o lourinho falou:

– Olhe... eu sou de menor.

Eles ficaram calados, os três um instante calados, e naquele momento em que até o alto-falante silenciou, nem a voz do padre se ouvia, o lourinho repetiu:

– Sou de menor, viu? Eu não fiz nada.

E bem não disse, já tinha fugido. Ele e o outro, o da medalhinha, os dois correndo portão a fora, naquele jeito fácil, elástico, de bicho. Acompanhar não era brinquedo, três homens não podem fazer o mesmo que dois meninos, rapazes, ainda mais assim de surpresa. Quinze metros, vinte, uma dianteira. Passaram a saída da vila, ganharam a rua. Seu Valdir danou-se e deu um tiro para cima. Então Edmílson reparou que tinham gritado, feito escarcéu, e o povo aparecera, havia umas pessoas atarantadas, desparceiradas, soltas por ali. Bom que viessem, cortavam a retirada dos dois maloqueiros.

– Pra onde foram? – gaguejou seu Bastos, ofegante e dificultoso.

Alguém apontou. Um entrara no prédio em frente, pelo oitão livre.

– É na padaria. Não tem saída.

Não tinha não. E ainda mais seu Manuel morava lá, estava nos cômodos de cima, ganhavam ajuda. Cerca daqui, vai por ali. Edmílson pulou um monte de paralelepípedos, cruzou uma fossa aberta, obras de Prefeitura, e foi entrando devagar, seu Valdir logo atrás. Gritos. Seu Manuel, grisalho e gordo, botou a cabeça na janela. Perguntou e admirou-se, onde já se viu roubo com esta luz do dia? Descaração. Foi descendo, era um minuto.

Voltaram, ficaram na calçada, na rua. Mais gente. Mais vozes. E no ajuntamento, na conversa ainda em sobressalto, crescia o nervoso da espera. Junto com o povo que chegava, homens, sábado não se tem o que fazer, esse rolo, esse bolo de rua engrossando. Alguém catou uma pedra. Menor, mais redonda, não as de calçamento que se arrumavam trincheira ao longo do conserto. Outros procuraram as suas. Não encontraram pequenas, pegaram maiores. Deu para todos.

Seu Manuel veio de casa, veio vindo. Camisa de meia, sorriso esquerdo, de surpresa. E já de fora, gordo gritou. Que saísse. Com seus gritos as vozes se misturaram, gritando também, uma algazarra. Que saísse, não ficasse entocado. Um instante, como por encanto, o escarcéu parou. E de novo rompeu, uma coisa tal qual ensaiada.

A pedrada no portão, o som fofo e o eco ondeando estridente. Todos pararam de gritar. Seu Valdir reparou que tinha guardado o revólver, estava de mãos abanando. Aquela zoeira de ouvidos moucos, de repente devolvidos ao silêncio, seu Bastos perguntou um troço que Edmílson não entendeu. Nem notou que rolava uma pedra, mão esquerda, mão direita, esse brinquedo que se faz maquinal.

– Olha ele!

Edmílson estava olhando, já tinha visto. Era o maior, o de calção de banho e medalhinha no pescoço, cabelo grande. As chinelas de borracha vinham batendo caladas pelo chão. Andar esquivo, escorregando, na maciota. O peito nu, moreno e liso, os músculos bulindo embaixo da pele, se mexendo devagar, naquele ondular de gato. Coisa de se ficar olhando, parado em silêncio. Como todos estavam.

Foi aí que ele chegou ao portão. Chegou e se endireitou, de repente aumentando, feito gente. Um momento quieto, encarando o povo. Então passou a mão entre as barras, pegou o ferrolho, nem se ouviu o rangido quando se abriu, a grade escancarada, uma boca aberta ali defronte. Ele já na calçada. Os braços caídos, não muito, assim de balanceado meio suspensos. E justo na hora o alto-falante de novo, chiando a voz do padre, pastor, chicoteando. O rapaz se encolheu, como se atingido e logo desequilibrado. Segundos, se tanto. Distendeu-se, deu um passo, outro, foi pra lá veio pra cá, olhando em volta, querendo achar um caminho de sair, fugir, o mundo de caras fechando não deixava, o sermão esganiçando marcava um compasso doido, se estreitando a calçada e ele de repente enjaulado. Novamente um bicho.

Bicho se acua, aos gritos. E se rasgou o alarido, onda subindo e arrebentando, uma exageração. Pega, ecoou seu Valdir. Cerca, foi Edmílson no berro sem dono, tanto de repetição. Não dá vez, não pode. Não mais vaga, muralha crescendo, vagalhão de arrasto. Quem segura o homem?

Bicho se caça, a pau e pedra. Houve uma primeira, que não acertou, que seu Bastos viu e contou depois. Bateu longe, muito pra cima. Mas a segunda pedrada acertou. No ombro. O rapaz segurou a parte ofendida, com um espanto arregalado. Veio uma outra, que tirou sangue,

na testa, Edmílson recuou, pensou que fossem parar. Aquilo um massacre. Foi o contrário. Outra pedra, e mais, muitas. O alto-falante não emudecera, a voz de Deus continuava, somente as pessoas estavam caladas. O rapaz era sangue e pavor. Edmílson nem reparou, jogou a sua também, o tiro e a mancha vermelha, filme colorido, sua ou de outro? Pedra contra bicho, bicho contra bicho. Muitos bichos. O bicho contra a parede, alvejado, se esvaindo, se abatendo, caindo no chão.
Alguém chegou e o empurrou com o pé. Não se mexeu, desfalecido estava. Ou morto? Seu Valdir ciciou que era bem possível. Reparasse no sangue, muito, no desconjuntado.
– Esse não entra mais em casa de ninguém.
Não entrava não. Estava acabado, se não estivesse era lição de não esquecer. Morto, é o que eu digo. Também acho, olhe o jeito, não me engano. Seu Bastos comentando. Os outros balançando a cabeça, é isso, está morto o homem. Era menino, rapaz, agora homem. Está morto. Não se mata criança, de medalhinha no pescoço. Um homem, de calção de banho e sandálias japonesas. Morreu.
A viatura da polícia. De repente apareceu, branca e preta, olho luminoso. O povo foi abrindo lugar, refluindo receoso, quase dispersando. Os homens desceram, o mulato chegou-se ao corpo, ficou examinando um pouco a massa avermelhada, a seguir voltou-se, perguntou:
– Quem foi? Quem viu?
A voz era um tanto aflautada. Ninguém respondeu, não se disse nada. Ele insistiu. Seu Manuel gordamente informou.
– E todos jogaram pedra?
Não todos, quase, muitos jogaram. Quem viu? Já sabem, nós precisamos de testemunhas. Aí é que está, a bem dizer não vi nada, sabe como são essas coisas. Edmílson

também não vira, como se pode afirmar foi aquele, não foi... Gente por aí. Fizeram o sarilho, foram saindo, outros foram chegando. Não se pode saber.

– Nunca se vê. Ninguém sabe, nunca se sabe.

O tom do polícia era desprezo, era desfeita, ele por cima dos outros. Suadamente. Para desfazer aquela impressão, seu Bastos falou da casa, do roubo. O mulato fez que sim, autoridade, e mandou um dos guardas até lá, dar uma olhada vistoria. E o homem no chão? Lusco-fusco, horizonte avermelhado, mas aqui sem claridade, boca da noite, só sombras. Não era para levar.

– Esse não fala mais.

Estranhamente a voz séria, limpa. Ele não queria dizer nada além, somente aquilo. Os outros então caíram em si. Não era eu penso, eu acho ou parece, era verdade mesmo. Estava morto. Ali na calçada, os pés subitamente crescidos, o dedo maior saindo entre as tiras da sandália, escuro, tensamente levantado. Alguém teve uma náusea breve. Alguém lamentou baixo, ô diabo. Alguém de sentimento mais delicado lembrou, com desencanto, a índole pacífica do nosso povo. Mas Edmílson não sentia nem pensava, calado ficou, olhando brutamente o rapaz estendido.

– O rabecão demora sempre.

Enquanto ele não vinha, apareceram um jornal e uma vela. O jornal se desdobrou sobre o rosto do morto. A vela se acendeu, pela mão do homem calvo, junto ao morto. E àquela luz fraca, o morto se fez mais apagado, mais anônimo, e a todos pareceu que a cena ganhava uma realidade menor. Porque de repente empobreceu, encardiu. A vela era um fósforo, tremia desbotada, ia acabar-se também.

Edmílson não ficou mais. Foi saindo em silêncio, devagar se afastando e revendo, outro morto que deixara para trás havia muitos anos, picado de faca, fechado dentro da rede, balançando encarnado, tipóia, final, um estremeção na lembrança. Achara horrível o andor pela estrada. E agora não achava?

Durante a semana, quando se trabalha, os trens correm aloucados pelas sete vias sob a ponte da estação. Há um desastre de tempos em tempos, que os jornais com destaque publicam, mostrando as ferragens, os corpos, nomes e rostos deitados na poeira à margem dos trilhos.

Há um suicídio por amor e outro por fome, todas as horas, a moça que ateia fogo às vestes, que bebe cianureto, o rapaz que se joga embaixo do ônibus, que a bala atenta contra a existência, e os muitos homens e mulheres, humildes, indigentes no seu tresloucado gesto.

Há uma difusa morte diária, pelas ruas e morros, os que são encontrados já velhos e têm um vago ar de mistério, os que nos temporais pisam em fios ou vão na enxurrada, os que se perderam em rixa, mal súbito, queda de andaime. O padre, o delegado, o interno da ambulância, todos fazem o seu registro: em gênero, em número, em palavras.

A noite já veio, com as suas estrelas e o seu jasmim, o seu renovado sangue. Edmílson vai ao encontro de Adalgisa. Ela está gripada, ele está sozinho. Não há mais rádio, nem alto-falante para os lados da igreja, apenas o silêncio ficou no muro em frente à vila. É a hora do ajantarado. Depois eles precisam descobrir um cinema, uma árvore, um canto de galo, alguma coisa que embale e adormeça.

CIRCUITO FECHADO (1)

Chinelos, vaso, descarga. Pia, sabonete. Água. Escova, creme dental, água, espuma, creme de barbear, pincel, espuma, gilete, água, cortina, sabonete, água fria, água quente, toalha. Creme para cabelo, pente. Cueca, camisa, abotoaduras, calça, meias, sapatos, gravata, paletó. Carteira, níqueis, documentos, caneta, chaves, lenço, relógio, maço de cigarros, caixa de fósforos. Jornal. Mesa, cadeiras, xícara e pires, prato, bule, talheres, guardanapo. Quadros. Pasta, carro. Cigarro, fósforo. Mesa e poltrona, cadeira, cinzeiro, papéis, telefone, agenda, copo com lápis, canetas, bloco de notas, espátula, pastas, caixas de entrada, de saída, vaso com plantas, quadros, papéis, cigarro, fósforo. Bandeja, xícara pequena. Cigarro e fósforo. Papéis, telefone, relatórios, cartas, notas, vales, cheques, memorandos, bilhetes, telefone, papéis. Relógio. Mesa, cavalete, cinzeiros, cadeiras, esboços de anúncios, fotos, cigarro, fósforo, bloco de papel, caneta, projetor de filmes, xícara, cartaz, lápis, cigarro, fósforo, quadro-negro, giz, papel. Mictório, pia, água. Táxi. Mesa, toalha, cadeiras, copos, pratos, talheres, garrafa, guardanapo, xícara. Maço de cigarros, caixa de fósforos. Escova de dentes, pasta, água. Mesa e poltrona, papéis, telefone, revista, copo de papel, cigarro, fósforo, telefone interno, externo, papéis, prova de anúncio, caneta e papel, relógio, papel, pasta, cigarro, fósforo, papel e caneta, telefone, caneta e papel, telefone, papéis, folheto, xícara, jornal, cigarro, fósforo, papel e caneta. Carro. Maço de cigarros, caixa de fósforos. Paletó, gravata. Poltrona, copo, revista. Quadros. Mesa, cadeiras, pratos, talheres, copos, guardanapos. Xícaras. Cigarro e fósforo. Poltrona, livro. Cigarro e fósforo. Televisor, poltrona. Cigarro e fósforo. Abotoaduras, camisa, sapatos, meias, calça, cueca, pijama, chinelos. Vaso, descarga, pia, água, escova, creme dental, espuma, água. Chinelos. Coberta, cama, travesseiro.

CIRCUITO FECHADO (2)

Dentes, cabelos, um pouco do ouvido esquerdo e da visão. A memória intermediária, não a de muito longe nem a de ontem. Parentes, amigos, por morte, distância, desvio. Livros, de empréstimo, esquecimento e mudança. Mulheres também, com os seus temas. Móveis, imóveis, roupas, terrenos, relógios, paisagens, os bens da infância, do caminho, do entendimento. Flores e frutos, a cada ano, chegando e se despedindo, quem sabe não virão mais, como o jasmim no muro, as romãs encarnadas, os pés de pau. Luzes, do candeeiro ao vaga-lume. Várias vozes, conversando, contando, chamando, e seus ecos, sua música, seu registro. O alfinete das primeiras gravatas e o sentimento delas. A letra de canções que foram importantes. Um par de alpercatas, uns sapatos pretos de verniz, outros marrons de sola dupla. Todas as descobertas, no feitio de crescerem e se reduzirem depois, acomodadas em convívio, costume, a personagem, o fato, a amiga. As idéias, as atitudes, as posições, com a sua revisada, apagada consciência. O distintivo sem cor nem formato. Qualquer experiência, de profissão, de gosto, de vida, que se nivela incorporada, nunca depois, quando é preciso tomá-la entre os dedos como um fio e atá-la. Os bondes, os trilhos. As caixas-d'água, os cataventos. Os porta-chapéus, as cantoneiras. Palavras, que foram saindo, riscadas, esquecidas. Vaga praia, procissão, sabor de milho, manhã, o calor passado não adormecia. Um cheiro urbano, depois da chuva no asfalto, com o namoro que arredondava as árvores. Ansiedade, ou timidez, mais antes e após, sons que subiam pela janela entrando muito agudos, ou muito mornos. Sino, apito de trem. Os rostos, as páginas. Lugares, lacunas. Por que não instantes? As sensações, todas as de não guardar. O retrato mudando na parede, no espelho. Desbotando. Os dias, não as noites, são o que mais ficou perdido.

CIRCUITO FECHADO (3)

Muito prazer. Por favor, quer ver o meu saldo? Acho que sim. Que bom telefonar, foi ótimo, agora mesmo estava pensando em você. Puro, com gelo. Passe mais tarde, ainda não fiz, não está pronto. Amanhã eu ligo, e digo alguma coisa. Guarde o troco. Penso que sim. Este mês, não, fica para o outro. Desculpe, não me lembrei. Veja logo a conta, sim? É pena, mas hoje não posso, tenho um jantar. Vinte litros, da comum. Acho que não. Nas próximas férias, vou até lá, de carro. Gosto mais assim, com azul. Bem, obrigado, e você? Feitas as contas, estava errado. Creio que não. Já, pode levar. Ontem aquele calor, hoje chovendo. Não, filha, não é assim que se faz. Onde está minha camisa amarela? Às vezes, só quando faz frio. Penso que não. Vamos indo, naquela base. Que é que você tem? Se for preciso, dou um pulo aí. Amanhã eu telefono e marco, mas fica logo combinado, quase certo. Sim, é um pessoal muito simpático. Foi por acaso, uma coincidência. Não deixe de ver. Quanto mais quente melhor. Não, não é bem assim. Morreu, coitado, faz dois meses. Você não reparou que é outra? Salve, lindos pendões. Mas que esperança. Nem sim, nem não, muito pelo contrário. Como é que eu vou saber? Antes corto o cabelo, depois passo por lá. Certo. Pra mim, chega. Espere, mais tarde nós vamos. Aí foi que ele disse, não foi no princípio, quem ia advinhar? Deixe, vejo depois. Sim, durmo de lado, com um perna encolhida. O quê? É, quem diria. Acredito que sim. Boa tarde, como está o senhor? Pague duas, a outra fica para o mês que vem. Oh, há quanto tempo! De lata e bem gelada. Perdoe, não tenho miúdo. Estou com pressa. Como é que pode, se eles não estudam? Só peço que não seja nada. Estou com fome. Não vejo a hora de acabar isto, de sair. Já que você perdeu o fim-de-semana, por que não vai pescar? É um chato, um perigo público. Foi há muito tempo. Tudo bem, tudo legal? Gostei de ver. Acho que não, penso que não, creio que não. Acredito que sim. Claro, fechei a porta e botei o carro prá dentro. Vamos dormir? É, leia que é bom. Ainda agosto e esse calor. Me acorde cedo amanhã, viu?

CIRCUITO FECHADO (4)

Ter, haver. Uma sombra no chão, um seguro que se desvalorizou, uma gaiola de passarinho. Uma cicatriz de operação na barriga e mais cinco invisíveis, que doem quando chove. Uma lâmpada de cabeceira, um cachorro vermelho, uma colcha e os seus retalhos. Um envelope com fotografias, não aquele álbum. Um canto de sala e o livro marcado. Um talento para as coisas avulsas, que não duram nem rendem. Uma janela sobre o quintal, depois a rua e os telhados, tudo sem horizonte. Um silêncio por dentro, que olha e lembra, quando se engarrafam o trânsito, os dias, as pessoas. Uma curva de estrada e uma árvore, um filho, uma filha, um choro no ouvido, um recorte que permanece, e todavia muda. Um armário com roupa e sapatos, que somente veste, e calçam, e nada mais. Uma dor de dente, uma gargalhada, felizmente breves. Um copo de ágate, sem dúvida amassado. Uma cidade encantada, mas seca. Um papel de embrulho e cordão, para todos os pacotes, a cada instante. Uma procuração, um recuo, uma certeza, que se diluem e confundem, se gastam e continuam. Um gosto de fruta com travo, um tostão guardado, azinhavrado, foi sempre a menor moeda. Uma régua de cálculo, nunca aprendida. Um quiosque onde se vendia garapa, os copos e as garrafas com o seu brilho de noite. Uma gaveta, uma gravura, os guardados de chave e de parede. Um caminhar de cabeça baixa, atento aos buracos da calçada. Um diabo solto, uma prisão que o segura, um garfo e uma porta. Um rol de gente, de sonho com figuras, que passa, que volta, ou se some sem anotação. Uma folhinha, um relógio, muito adiantados. Uma hipermetropia que não deixa ver de perto, é necessário recuar as imagens até o foco. Um realejo que não soube aos sete anos, uma primeira alegria aos quatorze, uma unha encravada e um arrepio depois. Uma fábrica de vista, um descaroçador de algodão, uma usina com a tropa de burros, são os trechos de paisagem com e sem raiz. Um morto, uma dívida, um conto com história. Um cartão de identidade cinzento e uma assinatura floreada, só ela. Um lugar à mesa. Uma tristeza, um espanto, as cartas do baralho, passado, presente e futuro, onde estão? Uma resposta adiada. Uma vida em rascunho, sem tempo de passar a limpo.

CIRCUITO FECHADO (5)

Não. Não foi o belo, quase nunca, nem ao menos o bonito, porque tudo se veio esgarçando em rotina, sombra com vazio. Não foi o plano, o projeto, a lucidez conduzindo, já que o mistério se fez magia e baralhou os búzios da vontade. Não foi o imaginado, o sonhado, mas a verdade miúda e comovida sem ter de quê. Não foi o tempo que abarca vastamente, não, deve ser o que se conta aos pedaços, reconta, em mesquinha soma, e medrosa. Não foi o prometido, o esperado, antes foram os enganos, os engodos, os adiamentos sempre roubos, pequenos e de importância. Não foi nada útil, ou de se repartir, apenas o de guardar para comer sozinho. Não foi o brilhante, de anel e de relâmpago, simplesmente a luz no vidro. Não foi o bom, foi o barato, não foi o alegre, foi o pouco a pouco, não foi o claro, foi o difuso, pois os encargos chegam logo, e se aprendem, e ficam. Não foi o momento certo, a maior parte aconteceu de repente, ou cedo, ou tarde, afinal não se repetiu. Não foi a viagem, a longa, larga viagem, de recordar, rever, que as paradas e os horários dividiram muito o roteiro, partiram, nublaram, não devolveram. Não foi o encontro nem a sua memória, não foi a paisagem nem o esquecimento, foi esse passar de pessoas e o seu reverso de imóvel, que se isola e não fala, porque não adianta. Não foi a cidade mas a rua, não foi a figura mas a boca, não foi a chuva mas a calha. Não foi o campo, nem a mata, o morro, nem o rio, a relva, nem árvore nem verde, foi a janela de trem, de carro, de longe. Não foi o livro aberto, a oração disfarçada, a primeira lição. Não foi a lâmpada, o linho, a lenda. Não foi a casa, o quintal, o corredor com portas e pé direito. Não foi o que vem de dentro, e sim o que bate, não se anuncia, e força, abre, e entra. Não foi o pacífico, o sem tumulto, foi até mesmo a guerra, ou melhor o combate, a escaramuça, perdidos de mãos nuas, limpas, as armas brancas. Não foi o amor, a certeza, o amanhã, foram as palavras que representam, a idéia de, o conceito, enfim a sua redução. Não foi pouco nem muito, foi igual. Não foi sempre, nem faltou, foi mais às vezes. Não foi o que, foi como, e onde, e quando. Não, não foi.

OS PASSOS DA PAIXÃO

1

O gerente de propaganda olhou para o homem da agência e disse:
— Infelizmente eu não decido. Estou entre a minha diretoria e vocês, como Pilatos no credo. Mas foi um erro.
— Que erro? — quis saber o publicitário. — Eu não acho no meu pessoal nenhum engano, crime algum.
O cliente insistiu:
— Um erro, sim. Vocês não vêem a verdade do *marketing*?
O da agência podia perguntar: qual a verdade do *marketing*? O consumidor é o rei, certo. O resto são funções, curvas de percentagens, variáveis. Mas não disse nada. O outro continuou:
— A diretoria é que vai decidir.
Quem errou? Que é a verdade?
— Com cuidado, com justiça. Dando a César o que é de César.
Pela primeira vez o homem da agência sorriu. Guardando papéis, fechando a pasta. Estava condenado. A sensação de que o seu reino não era deste mundo.

2

O filho calou-se. O pai ficou olhando para ele, vendo no seu rosto uma sucessão de crianças que foram crescendo, crescendo, se transformaram no rapaz de barba alourada. Ainda com traços infantis, mas já na intransigência do homem. Ali próximo e no entanto quieto, fechado, resistindo. Não pode ao menos sorrir. Porque de repente o sentiu afastado, perdido. As antigas ameaças ganharam corpo na revelação. E ele se assustou. De um medo que o fez recusar, estremecer, levantar-se. Que não fosse tão logo, tão cedo. Um dia casava, sumia. Como todos. Mas não em casa e nos dezesseis anos, agora não. Ficou olhando para o rapaz sem saber o que dizer, talvez sabendo e achando que piorava. Os retratos vieram de novo, um confuso menino a repetir-se familiar. Então no rosto do filho se viu doente, batido, acabado, como se a vida se fizesse em cruz.

3

Ela está deitada, um lençol puxado sobre as partes mais brancas do seu corpo. O homem ao lado que acende um cigarro. O também nu quarto de hotel, com a janela fechada. O barulho dos carros que passam lá fora, defronte no elevado. E esse calor grosso, pegajoso, um pouco sórdido.

Ela e as paredes vazias, de um creme encardido. Como o que terminou de fazer. O ponto vermelho na vidraça, réstia de sol enviesado, se pondo. A latejar no centro de tudo. As sombras mortiças ganhando os pés da cama, um móvel, a porta. Que vão nivelando este momento imóvel.

Ela seus trinta anos, seu emprego de secretária, sua casa e família na Liberdade. Ele casado, cargo de chefia, quarenta. Mais ela, ele somente. Uma que decide, afinal é preciso viver, tanta coisa. Um outro simples comparsa. Melhor assim, limpamente. Sem os envolvimentos que fazem sofrer.

Ela move as pernas devagar. O sofrimento não é a dor física, sabe disso há muito tempo. A dor se aprende, não é de sempre, como o sofrimento. Como esta sensação de queda, que não lhe vem pela primeira vez.

4

Domingo. Eles vêm para o almoço. Vêm para a casa pequena, de vila, onde a mulher se ataranta no preparo de uma refeição repetida e desvelada. Vêm para vê-la depois da viagem de um mês.

A mulher grisalha vai receber no portão o filho recém-casado, a nora magra e risonha. Entram a falar desencontrados. E depois ficam evitando os silêncios, lutando contra uma certa cerimônia. O filho se serve da bebida, a nora não quer, a mãe não sabe se aceita ou não. Por que esse constrangimento, quando a colônia que ela usa é a mesma e velha essência floral, de mistura com o seu pó de arroz? Mãe tem um odor asseado. Que o filho recorda e associa ao de sua mulher, um cheiro novo, com tons de agudo, que ele por vezes surpreende.

Durante o almoço a nora falou muito, as superfícies da viagem. O filho falou pouco, o seu apetite, não disse nada à toa. Aqui e ali a mãe sentiu uns vagos ciúmes, que tentou reprimir, desviar, a moça tão boa, sua família tão amável e correta. Não era bonita, apenas simpática, reparava sempre. Com que sentido? Bobagem, para ele queria o melhor, a mais de todas. O almoço saíra bem. A sobremesa na conversa mais leve. O bom café forte.

Foram-se embora. A mulher de meia idade ainda se demorou sentada, pensando na vida. A moça continuou sorrindo, ó essas provas de todos os dias. O rapaz seguiu calado, absorto, não havia encontrado sua mãe.

5

Bar de hotel, quase três horas da manhã, na mesa ao lado tem duas moças, uma loura de amarelo falso e a outra morena, elas conversando baixo no resto que é silêncio, as vozes se destacam, batem no meu uísque sozinho, aquela zoeira roçando, um tanto de anestesia, quando a de cabelo preto dá um suspiro e diz que se Deus quiser depois dos trinta não vai continuar nesta vida, com sono, com frio, eu vejo que ela parece mais de trinta e no entanto ainda não, a loura responde palavras de acalmar, é assim mesmo, pra que a revolta, insiste que não se acostuma, faz economia, um dia larga, volta para o interior, mas que seja antes dos trinta senão não agüenta, peço outro uísque e agora a pausa ali suspensa, elas vão seguir falando, a morena suspirando a loura ouvindo, as duas com as jóias folheadas e os vestidos lustrosos, eu de repente querendo ajudar, Cirineu, levar aquela cruz, dormir com ela nenhum auxílio, o cliente profissão, quem pode ajudar quem, até que ouço de novo o não me acostumo, a companheira também que não fala, ainda nada, enquanto a de menos de trinta, a que pensa em voltar, olha em torno como se localizando e diz eu aqui esperando por quem não marcou, e insiste esperando por quem não marcou, e fica o eco de quem não marcou.

6

Um rosto mais para o branco, mais que pálido. A moldura de cabelos pretos, os olhos de cor sombria. Mas com brilho. E suas indagações, arqueando o traço das sobrancelhas. O contorno é um desenho fino e hábil, que se eleva, e arredonda, e conclui, tal como a boca em repouso. De frente ou de perfil, a mesma calma e suave e macia, no entanto com uma pequena luz pulsando.

Um dia eu lhe emprestei meu lenço. Ela enxugou os olhos e o devolveu, com a sua face estampada. Guardei-o no bolso, anda sempre comigo, faz tanto tempo. Talvez porque eu lembre, nunca se desfigurou. A verdadeira imagem.

7

Boca da noite, com frio e garoa.
– Desculpe, dona.
A moça tomou um susto. O carro parado, ela na direção, distraída pensando e esperando o marido. Então aquele homem ali, bem rente à janela.
– Sim...
– A senhora podia me arranjar, é que eu estou parado, sabe, eu não sou daqui, tenho mulher e dois filhos, não encontro nada.
Falando aos arrancos, trêmulo. A voz saía clara, mas o homem tremia. Não era de frio, apesar da camisa leve, manga curta, era um tremor convulso. E depressa continuava falando:
– Todo dia procuro, não arranjo nada, é uma situação, precisando com família, sem um tostão minha senhora, procuro e não encontro.
E então começou a chorar. Sem ruído mas chorando, aquele tremor, as lágrimas correndo. A voz falhou:
– Desde ontem que não como.
A moça abriu a porta, saiu para a calçada:
– Tenha calma, meu senhor.
Ele procurando se conter, se explicando:
– É uma situação, sem dinheiro, com fome e com família, não encontro nada.

— Se acalme. Isso é também nervoso, fraqueza. O senhor precisa comer.
Abriu a bolsa, a carteira, tirou uma nota de dez cruzeiros.
— Vá comer um sanduíche, tomar um café.

O homem pegou o dinheiro com jeito esquerdo, chorando menos, limpando o rosto, mas ainda a tremer. Era magro, tinha um certo ar que se ia compondo. A moça com pena:

— O senhor come, depois pega o ônibus e vai para casa descansar. Mas não chegue assim, dando a impressão de que está desesperado.

— Eu sei que é preciso ter coragem — disse ele falando mais devagar.

— Então! Amanhã o senhor arranja alguma coisa. Tenha esperança.

Querendo sorrir, agradecer, o homem afinal se afastou. A moça ficou de novo sozinha, pensando em que não havia esperança não, que tudo se demorara muito pouco, nunca vira ninguém tremer tanto. E bem de longe, um fiapo de oração veio vindo na sua memória: ajuda-me a perseverar na tua graça até a morte.

8

O irmão com a cabeça do mais moço no colo. Entre as mãos, ali perto. Em repouso, os olhos fechados, sem alento. Como se pode morrer aos vinte anos?

Vendo o rosto do irmão e se vendo mais velho, muito mais, um cansado ancião de duros dedos frios. Que no entanto fora buscar o corpo, voltara para aquele silêncio nublado, dentro dele os dois sozinhos. Não vai chorar sobre a cabeça nas mãos. Quando choro tiver, será para ele mesmo e para os filhos que virão depois, um lamento de choro repartido.

Aos vinte anos a morte é feia também. Enrijece a linha do queixo, azul, despenteia os cabelos, diminui as feições. As sobrancelhas ficam sem apoio, porque se tiraram os óculos. Os olhos, os ouvidos fechados. Que se pode dizer a um irmão, assim partindo sem se despedir, um irmão assim morto em começo? A vida pode ser tão feia quanto a morte. Mesmo a vida que é bela aos vinte anos.

No vazio, a lembrança da mãe que já se foi. Faz tempo que foi. Sem ter nas mãos, esfriado, o corpo de nenhum filho. E todavia ela se amendrontava, olhando para fora e se assustando, ela e seus temores. Virá um dia em que se dirá: ditosas as que são estéreis, e ditosos os ventres que não geraram, e ditosos os peitos que não deram de mamar.

Com a cabeça do irmão entre as mãos, ele pensa na mãe e nesse tempo que chegou.

9

Recebi a importância de oitocentos e setenta e cinco cruzeiros e cinqüenta centavos, que me foi paga como indenização pela rescisão do meu contrato de trabalho que mantinha com a referida firma, cobrindo o período de 10 de maio de 1964 a 30 de junho de 1971, valendo este recibo de plena, rasa e geral quitação, para mais nada ter a receber ou reclamar, seja a que título for.

(Seguem-se colunas com palavras e números. Indenização por acordo, férias proporcionais, menos os descontos. 6/12 do 13º salário, INPS sobre o 13º salário, metade do 13º requerida e já paga.)

Declaro, ainda, haver recebido a minha carteira profissional devidamente anotada e sem emendas ou rasuras.

10

Na penumbra as mesas, com os senhores. Homens de negócio, ainda profissões liberais, grisalhos abastados. O grupo de japoneses em trânsito. Disfarçados militares. E os poucos jovens.

Ela entrou conduzida pela orquestra. Em meio ao som sibilante, ampliado com a suspensão das vozes, veio até o centro e ficou ali banhada pelos cones de luz, ondulando. Alta, longa, mas brandamente recortada. Sem sair do lugar, a dança aos poucos. Uma coisa íntima, diante de todos. Surda e sexo.

Os homens vêem o vestido se abrir, lentamente escorregar e tocar o chão, prender-se por uma nesga, descobrindo aos pedaços, enfim descrever uma curva e pousar na cadeira. Depois a cinta, as meias, o sutiã, a calça. Tudo vagaroso, embalante, colorido. Flutuando no ar. Ela nua, afinal, com a mesma atitude que só na aparência era desafio, mas debaixo da pele continuava paciente, cuidadosa, como fora em cada gesto. Nua, olhando os homens. Que por sua vez olharam suas vestes sobre a cadeira e não as rasgaram, porque a queriam inteira, e então lançaram sortes sobre ela.

11

O salão enorme, cortado pelos renques de mesas, com o relógio de ponto a dois passos da porta de entrada. Cada manhã, setenta funcionários mergulham neste silêncio sussurrado. Meia hora para almoço. À tarde, quando o sol bate e vai subindo e ganhando a parede interna, ficam trabalhando até que ele suma. Homens e mulheres, a maioria com menos de trinta anos. Lá fora quase sempre faz bom tempo.

É o que todos imaginam, depois de chegar aqui dentro. Batem o ponto com a sensação de que pararam de viver, irão renascer depois das seis, noturnamente. É uma vida que só se faz à noite. O dia morre a todo instante, muito antes da tarde acabar. E eles esperam o fim do mês, com uma grande ansiedade, como se o tempo voltasse depois do salário. Por isso as mesas e as pessoas não têm cor.

No entanto, quanto se arranha a superfície de um homem, o sangue aparece. Nos momentos de raiva, um diz ao outro:

– Se você pensa mesmo que é melhor, salve-se. A você e a todos nós.

E quando um consegue sair, alguém diz:

– Mas ele não fez mal nenhum. – E sorrindo: – Lembre-se de mim quando estiver lá fora.

Os outros continuam. Batendo ponto, diaristas e mensalistas. Todos morrendo.

12

Casario branco e pequeno, as ruas subindo em ladeiras calçadas. Paisagem arrumada, acanhada, a crédito. O céu embaçado pelas chaminés próximas.

Rua Projetada, casa 11. No meio-fio, o corpo estendido, furado de balas. Os vizinhos e curiosos que fazem o ajuntamento vêem um rapaz magro e moço, de barba rala, com uma camisa de meia encardida, toda manchada de encarnado. Foi o esquadrão da morte, dizem baixo.

O delegado não ouve, nem os policiais que andam por perto, aguardando a viatura que levará o morto. Um deles, o mais moço, volta para o bandido que pegaram, um delinqüente perigoso na linguagem dos boletins. Olha, no Sol, achando que tudo acabou, está cumprido, e sentindo sede.

Por que nos abandonaram aqui? Faz duas horas que deviam ter chegado, levado esse homem. De cabelo agastado, pelos ombros, o nariz afilado. Está assim porque está morto? Acha que não, devia ser assim, e de repente imagina que já viu aquela cara em algum lugar. Onde, meu Deus? Alguma rixa, uma prisão, diligência. Talvez fosse.
De um rádio perto, aos gritos, vêem que são onze horas. Chegou ali às nove, faz tempo. Tem sede.
A camisa encarnada, o nariz afilado, os cabelos poeirentos. Aonde foi que vira? Então, puxando pela memória, encontrou o rapaz e a si mesmo, os dois meninos. Seria, estaria revendo? Grupo escolar, calça azul, camisa branca, subúrbio, os apelidos, mais de dez anos atrás. A lembrança, ou um arrepio? O morto com identidade, menos bandido, quem sabe delinqüente, perigoso nunca, ora o menino. Entretanto do outro lado. Terminando na hora da limpeza, ali de borco na calçada. Seria ele?
A camioneta chega, abre espaço devagar entre as pessoas, pára ao lado do corpo. Faz-se um silêncio, como de seriedade. E ao levantarem o morto, o policial moço se benze disfarçado, por baixo do paletó. Pai, nas tuas mãos encomendo o meu espírito.

13

Velho só encontra com amigo em velório e enterro. Como este, que despede um ex-combatente de 32. Daí as cabeças brancas, as mãos trêmulas, as vozes fracas. Que falam em falsete. E as medalhas, as fardas ainda no modelo francês, as distantes bandeiras. Tudo esparso e deslocado. Feito um capacete que não mais se usa, vira enfeite ou relíquia. Ilha recuada. É também o que lembra o caixão, já quase partindo. Não quebrareis dele osso algum. São a capela, com o seu pequeno adro, e o trecho de cemitério, um pouco de azinhavre, e voltamos às pessoas que estão ali mas olham para além dos muros a barreira de edifícios. Alteada em meio à bruma, esfumada, como os sons que vêm da rua perto. Eles estão olhando a cidade, e de repente descobrem que agora a querem ver, depois de muito tempo. Ficam mais comovidos. Discordam mais no que dizem porque veteranos de uma pausada oposição. E continuam esperando, esperando muito, até que o caixão sai. Verdadeiramente esse homem era filho de Deus. Os companheiros do morto vão atrás, crêem que marchando. Não são velhos, são antigos soldados. Vão dispostos a qualquer revolução liberal. Ó mãe dolorosa. As cornetas, mais uma vez, estão soando. Chamando por nós.

14

E no terceiro dia eles ressuscitaram dos mortos. E todos viram, e todos creram. E bem-aventurados os que não viram e creram, porque a justiça é como o amor, aumenta a sua idéia quando lhe faltam o vulto e feitio, e os povos são como as pessoas que têm estados de espírito, hoje escuro, amanhã claridade, e outros muitos prodígios que aqui não foram escritos ainda virão, mas foram escritos estes, a fim de que se creia no homem e no que é livre, e de que se tenha a vida em seu nome.

HERANÇA

Nunca vi meu pai de camisa esporte. E quando ele morreu, minha mãe ficou olhando para mim. Eu tinha só dezessete anos.
Meu pai não falava nunca. E minha mãe me olhando, esperando, querendo que eu respondesse:
– O que é que ele diria no seu lugar?
Como é que eu ia saber? Ora o meu lugar, qual era? Minha irmã começando a sair, namorar, e minha mãe me perguntando:
– Você acha que deve?
E eu com isso! Depois a história da casa, vende não vende. E a da loja, abre não abre. Minha mãe sempre indecisa:
– O que é que eu faço?
Meu pai tinha sido um homem severo, quieto, de poucos amigos. Ia de ônibus para o trabalho, representações. Ia e vinha. Sem fazer onda, a vida inteira. E de repente morrendo, foi coração, e deixando tudo arrumado. Ninguém tinha percebido. Nem minha mãe:
– Eu não sabia o que era preocupação.
E não era obrigada a saber. Mas se arreliava, suspirando. Eu que sempre odiei suspiro ficava ali, ouvindo, com sono. A troco de quê? Ela suspirava por medo, atra-

palhação, falta de jeito. Principalmente com dinheiro. Ou de sozinha, ou desamparo. Porque eu não era apoio nem companhia.

– Será que eu preciso vender a casa?

Isso era comigo separado, minha irmã por longe. Pra que afligir a menina? Eu entendia, mas não respondia logo. Falava depois, aos poucos, e assim mesmo pela metade. Quase perdi o ano.

– E a loja, não é boa idéia?

Artigos infantis, roupinhas de nenê, tudo para crianças. No estilo de *boutique*, Rua Augusta. Uma das primeiras a aparecer. Era boa idéia, sim, devia ser bom negócio. Mas como garantir, assim de repente? Minha irmã se animava, ela que sempre se imaginou cercada de filhos, e eu calado, nem sim nem não. Afinal de contas, nunca vira a possibilidade de ganhar dinheiro vendendo coisas.

– O seu dever é me orientar.

Eu diante de minha mãe, ela me olhando, insistindo. Aborrecida, mais, irritada esperando por um conselho. Muito diferente.

Que história é essa de dever, eu me perguntava, quase estourando. Sempre evitei dar palpites, fazer boa ação, negócio de escoteiro. Minha irmã fora bandeirante uns oito anos. Ela sim, podia ajudar. Ou não podia? Eu me sentia covarde, inútil, diminuí demais. E talvez por isso não dissesse nada.

– Se seu pai fosse vivo...

Aí as comparações. E no meio delas, a surpresa de ver minha mãe me acusando: você sempre teve um problema com seu pai. Dito assim, na cara. Fiquei parado, calado, pensando naquilo. Seria mesmo verdade? Eu que a vida toda vinha andando meio por fora, meio para dentro, de mãos no bolso e cabeça baixa, podia ter lá problema com o velho? Logo ele, ausente e sem dizer nada, visto de longe. Que história é essa?

Minha mãe respondendo, e aprofundando, já entrando nessa mania de explicar as pessoas. Ele era um homem de tino, que pensava em tudo, fazia e acontecia, prestava atenção nela, nos filhos. Eu reparava, eu compreendia? Não, ficava distante, metido comigo mesmo, nesse isolamento que era doentio, nesse egoísmo. Era o meu jeito, não era? Não era não, isso de jeito não justifica nada, era o problema, o meu, estava muito claro. Eu nunca entendera meu pai.

Choque de gerações ia sendo aquilo. Mas o espanto foi maior, e a raiva baixou, e ficou mais uma dúvida quase triste, que me deixava remoendo as lembranças, achando às vezes que bem podia ser, outras que era tudo maluquice. Felizmente, para me ajudar, as perguntas de minha mãe acabaram.

Vendeu-se a casa, por bom preço. Deixamos Vila Mariana e viemos para o Jardim Paulista, o apartamento em três anos para pagar. Com o dinheiro que sobrou comprou-se a loja, como já disse na Augusta. A renda que meu pai deixara ficou maior.

Enquanto isso eu terminei o estudo e passei a trabalhar. Do corretor, que estava dando muito, com um amigo que já vendera loteamentos, vilas, palacetes. Nessa vida sem horário, passava dias sem ver minha mãe ou minha irmã, sempre se revezando na loja. E quando as via, falávamos pouco. Do tempo de antes, ficara apenas um copo de leite, último cuidado maternal. Eu precisava me alimentar direito.

A loja firmou-se, cresceu, minha mãe alegrou-se de novo. Meus negócios também aumentaram. Descobri que podia falar, e falar fácil, quando o assunto não era meu, pessoal, ou apenas envolvia dinheiro. Aos poucos, fui desempenando. E vez por outra, os três juntos em casa, conversávamos como nunca.

Dinheiro ajuda muito, chega a melhorar as pessoas, e isso acontece até com os parentes. As perguntas de minha mãe voltaram. Mas ela decidia antes, e perguntava só de comparação, vamos ver o que você acha. Como faz hoje. Um dia, a propósito de uma partida qualquer que se atrasara, ela quis saber:

— Devo aceitar?

Eu que não entendo de roupas, fiquei um instante pensando, seria vantagem ou não. E ela rindo:

— Já aceitei. Se fosse esperar sua opinião, fechava a loja. Você é igualzinho a seu pai.

O TERCEIRO IRMÃO

O irmão mais velho, tinha dez anos, fechou a janela e comentou maravilhado:
— Deus é muito grande. Fazer o mundo, o sol, as estrelas. É uma coisa!
O irmão mais novo, dois anos mais moço, duvidou:
— E foi Deus quem fez?
O primeiro, estava escandalizado, levantou a voz:
— Então não foi? Se não foi ele, quem é que fez?
O segundo continuou, só respondendo:
— Ninguém, ora!
— Como ninguém?
— Já estava feito.
— Sem se fazer, nem nada?
— É, de nada.
— Você não acredita?
— Acreditar em quê?
— Você é uma besta.
O terceiro irmão, que só tinha um olho, entrou na discussão apaziguando:
— Esperem aí, não é tão simples. Desde o começo os homens se dividem. Os que acreditam, os que não acreditam. Foi sempre assim.
Quando fez doze anos, o irmão mais velho ganhou

uma bola e jogou futebol. O irmão mais moço ganhou um livro e leu. Ás vezes, um chamava o outro:
— Vamos jogar?
— Você não que ler?
Nenhum dos dois aceitava. O mais novo calado, abanando a cabeça. O mais velho se irritando:
— Você não sai, não corre, não faz exercícios.
— Pra quê? Não tenho vontade.
E continuava lendo. O outro xingava:
— Bicha!
Ele respondia, sem se alterar:
— É a mãe.
O terceiro irmão, o que só tinha uma perna, comentava com certa alegria:
— Vocês são diferentes como dois irmãos.
Quando chegou aos quinze anos, o irmão mais velho aprendeu a dançar. O irmão mais novo aprendeu a ouvir música. Um saía para os bailes de sábado, onde fez do *rock* ao samba, e esticava as noites com chope e violão. O outro ficava com os seus discos, o seu gravador, quieto e de olhos fechados, apenas mexia o corpo num balanço quase de não se perceber. Com o tempo, o primeiro decorou o Chico, Edu e Lira, até cantava. O segundo estalava os dedos, sempre um ritmo sem palavras.
— Como é que pode gostar disso?
Isso era o canto de protesto, com versos e instrumentos de fora, estrangeiro feito um menino sozinho dentro de casa.
— Eu gosto.
— Eu sei. Há gosto pra tudo.
— É. Está aí você.
E brigavam, música *pop*, música popular brasileira, ambos com um ar superior, que podia ser mais agressivo, mais discreto, no entanto o mesmo tom de fácil discordância.

— Você faz questão de ser original. Pendure um disco no pescoço.
— Você é o consumidor modelo. Continue batucando os seus sambinhas.
O terceiro irmão, o que só tinha um ouvido, levantava as mãos e dizia:
— Somos todos irmãos, consumidores. Qual é mesmo a música desse verso?
Quando alcançou a maioridade, o irmão mais velho estava no fim do curso científico e ia fazer medicina. O irmão mais novo se iniciava no clássico e pensava em filosofia. O primeiro tinha uma namorada firme, o segundo tinha muitas. Um se vestia com cuidado, acertava a barba quadrada, punha água-de-colônia no lenço; o outro usava as mesmas calças desbotadas, os cabelos despenteados e compridos, os óculos redondos. Nas refeições, o mais velho comia muito e crescia, aumentava, forte e sólido, enquanto o mais moço nem tanto, esquecido, alongado, meio frágil. Talvez por isso também discutissem:
— Quando eu for rico.
— O negro é bonito.
— A guerra acabou, ninguém pensa em ninguém.
— A luta não é minha, é de todos.
— O povo está conformado.
— Eu não sei, não vejo televisão.
O terceiro irmão, o que só tinha um lado, o do meio, perdia-se no barulho, na fronteira, e já não sabia o que dizer.
O irmão mais velho saiu e foi denunciar o irmão mais moço.
O irmão mais moço foi condenado à morte por crime de opinião.
O terceiro irmão, o que só tinha uma vida, tomou o seu lugar diante do pelotão de fuzilamento. As balas todas

acertaram o alvo, porque ele estava um pouco maior. Não deixou bilhete nem última vontade.

E os irmãos sobreviventes continuaram, discordando, brigando, sorrindo, até que a cidade escureceu, o país acabou, o mundo caiu, e um grande silêncio voltou sobre todas as coisas.

O PÍFANO E AS ÁRVORES

A José Maria del Claro

Acordou com o som do pífano. Levantou-se e foi até a janela, mas não chegou a abri-la, porque a música cessara. Ficou um instante parado, os ouvidos atentos. Então o som repontou lá adiante, na sua cadência insistente, era o mesmo pífano continuando.

Devagar o homem puxou as cortinas, correu a vidraça, a veneziana de alumínio. Como se fosse uma surpresa, o familiar maciço de edifícios. Do seu andar alto, rente sobre a cidade, viu. Nevoenta, adelgaçando, a madrugada principiava a recortar silhuetas, abrir nesgas no cimento, a quase luz, o esfiapado novelo, um flutuar de frio. Ele fechou a paisagem. E voltou para a cama, deitou-se de olhos abertos.

O pífano assim de repente. Ouvira, sim. Apesar do apartamento no vigésimo-quinto, o som viera e passara, interrompendo-se em frente à janela e depois seguindo. Exatamente como o avô contava, tantas vezes dissera. A princípio imaginara coisa de menino, alguma brincadeira que logo se descobria, mas pouco a pouco vira que não, tarde da noite, qual o moleque andando a essas horas? Andando e tocando, correndo após uma janela aberta, ou adivinhando alguém por trás da rótula, nunca visto, e ágil, e longe, a melodia chegando, cortada, sumindo? Todos ouviam sem ver, rapaz não fora o único. Repetia a história, sempre que se falava de antigo inexplicável. O pífano ficava ecoando feito uma interrogação.

Por que agora, aqui? Por que só agora, há tantos anos, tantos? Por que até aqui, de tão distante, tão estirado caminho? Começo do século, devia ser, para o avô se lembrar afoito e moço, a curiosidade primeiro, o encantado crescendo com o tempo. A cidadezinha esquecida, perdida, nesse interior que não se reconstitui, tudo mudado, nada a guardar. As janelas tinham de abrir para a calçada, era preciso que houvesse árvores e sombra. O pífano vinha se aproximando, a toada cada vez mais perto, então a gelosia aberta, o silêncio, apenas o escuro à espera, e depois ele ressurgindo lá na frente, sincopado, estridente. Sem casas dando para a rua, sem calçadas, ele seria possível? Tocando aqui, passando agora, neste vigésimo-quinto andar? O homem ficou em dúvida, continuou olhando o teto já clareado pela manhã. Teria ouvido mesmo?

Claro que sim, acordara com a música. Uma coisa rude, aguda, insistindo primitiva. E não se levantara, não fora abrir a janela? Só que o pífano se calara antes. Estava certo, era assim, havia a percepção de alguém escondido perto. Como ele ficara, despertando para aquela soada remota. E se mantivera, abrindo a janela contra um horizonte de concreto, já sabendo que o ritmo iria refazer-se. Ouvira, decerto não fora sonho. Acordado, ou despertando, o fato é que ouvira. Entretanto, aqui não existiam árvores. Não havia árvores com sombra, que projetassem na calçada o seu rendilhado feito nódoa, móvel, capaz de esconder. Ou simplesmente baralhar os negrumes da noite. O pífano viria sem elas, nitidamente? Passaria soando e calando, de novo flauteando, até perder-se em campo aberto? Não era provável. A história se dava bem com uma cidade pequena, de casas e jardins, calçadas estreitas, as copas das árvores dançando ao vento. Um caso de avô morto estava bom, natural porque distante. Mas não aqui, neste andar a oitenta metros de altura, não agora, nesta capital de avenidas e trânsito, não sem calçadas de povo e árvores de sombra, as ruas nuas, as redondezas só prédios plantados. Como pudera ouvir, se era impossível? O sono acabara, mesmo que cedo. Não dormiria mais, certamente não, aquilo do pífano próximo e das árvores ausentes, suas perguntas, o globo de luz no teto limpo, a voz do avô se repetindo clara, mistura de tons, de tempos, todavia a manhã familiar e urbana. Livrou-se dos lençóis, levantou-se para começar o dia. Ainda que o soubesse diferente e imprevisível.

Forçando a rotina, escovou os dentes, barbeou-se, tomou banho, penteou-se, vestiu-se, calçou-se, bebeu café e comeu, trancou-se, abriu a porta, saiu, chamou o elevador. Imaginou-se a caminho do trabalho, mas não desceu até a garagem no subsolo. Apertou o botão do térreo, achou-se passando pela portaria deserta. A rua também não despertara, ainda não, e no entanto o sol já furava a neblina para fazer do asfalto um descalvado. Sim, não existiam árvores. Nem ali, nesta avenida amanhecida, nem perto nos arredores. E como o pífano sem a sombra de uma árvore? Ele se pôs a caminhar, vagaroso mas se determinando. Sua inquirição era quase rumo.

Andou contra o vento, a claridade mais e mais forte, no sentido que seria o das árvores. Andou longamente, pausado, se dando aos poucos o que buscar, era vegetação, era sombra, copas, galhos, folhas, os troncos de passar a mão, riscar na unha, as raízes de pisar sem sapatos como um gosto pelo corpo, infância e além, para trás, o que brota do chão é nascimento. Andou feito um regresso, não sabido mas vindo ao seu encontro.

As ruas se movimentavam, não gente mas tráfego,

colorido sobre o cinza. Como recompor as de antigamente, na pequena cidade do avô? Fora lá umas vezes, muitos anos atrás, levado pela mão do pai, e vira o rio, a praça com igreja, o casario velho, baixo, os telhados chuvosos, as árvores que à noite sombreavam a ladeira em descida. Tivera medo, lembrava. Elas e suas manchas na calçada, turvas, tintas, borrões de caderno, desvãos de escuro, as misteriosas moitas onde um tocador de pífano se esconderia. Toda a cidadezinha, aliás, era um trançado verde, de muitos verdes cambiantes, campos, quintais, plantações, as alamedas e os bosques, tantos, essa confusa quentura de terra fecundando, e brotando, e multiplicada vegetal. De dia, na praça, o temor se apagava ao sol, ele ficava olhando o desenho que a ramagem deixava na areia, dura de passos mas um pouco úmida, aquela rendada e leve ondulação de sombras. Voltara com a sensação de que tudo ficara para trás, ou nada daquilo lhe pertencia. A cidade um pequeno cromo. Esmaecendo, se apagando em vibrações distantes, ela e o seu urdido sortilégio.

Andou muito para encontrar uma praça, que deserta de árvores era só relvado. Passeou pelo seu quadrado no meio dos prédios, grama empoeirada, parca e fulva. Sem sentir prazer nenhum. Ausência de ligação entre os pés e a relva, ausência de sombra aonde ir. Qual o sentido, afinal, qual a satisfação de um passeio assim? De repente, andando e desgostoso, lhe veio uma dúvida: o relvado não seria de plástico? Em algum lugar lera que faziam grama plasticizada, igualzinha à verdadeira. Parou, quase se abaixou e examinou a relva. Mas não, não precisava, era de verdade, sim, gasta e rala e curta, a pior imitação pareceria mais natural.

Cruzou a praça, sorrindo de triste. Esse o mundo em que vivia. Esta a cidade que fizera. Ele, decerto, por aceitar e descuidado e nunca duvidar. Uma cidade à sua imagem, alta, vertical, cinzenta, sem chão nem verde. Uma cidade que o fazia esquecer a outra, cidadezinha de um pequeno avô, ainda encontrada pelo pai, mas dele já perdida. E como esquecer as árvores? Como se pode apagar a sua sombra, o seu entrelaçado na areia, perder-se da própria terra? Por que asfalto e calçada, por que e sempre? Admirou-se de si mesmo. O que estava errado, o que endireitar? A cidade ou ele?

Seguiu, não mais quieto, agora apertando o passo. E buscando, ansioso a procurar. Uma árvore, queria, ao menos uma. Manhã feita, sol forte, calor, suor, e andou mais, e mais, até que o bairro surgiu, casas com jardins. Viu algumas copas, distantes, galharias que se enviesavam por trás dos telhados, mas não viu troncos nem sombras. Os muros impediam. Atravessou uma rua, ficou parado na outra calçada, para mais recuado ver melhor. Sem resultado, sem ver. Apenas uma indistinta massa, e rarefeita, e menos penumbra, mais falta de luz, ficou a olhar para a árvore, a sua ramaria, pensou nela como fronde, era mais bonito, mais respeitoso, e depois seguiu andando. Os muros, o proibido. Andava um tanto vergado.

Uma hora, duas? Quantas batidas um velho relógio de pêndulo teria dado, roufenho, até que entrasse pelo bairro de prédios elegantes? Não sabia, nem se cansava. Caminhava remoendo suas sombras, seus sons, revendo coisas avulsas e no entanto com sentido. Uma razão escondida, perdida, um fio qualquer vindo de antes, de longe, e que ligando lembranças lhe escapara. Talvez andando o encontrasse. O pífano calado sob a árvore, talvez.

Na rua rica, os edifícios de luxuosas portarias, escadarias, salões de espera, de festas, as fachadas que eram mámore, pastilhas, concreto, os enfeites de metal, de gesso, os estilos variando, o discreto bom gosto. E seus jardins, com relva, plantas, palmeiras nanicas e touceiras de folhas onde pontilhavam flores. Os canteiros modernos, os arranjos em vasos que semelhavam grandes pratos de cimento. Ornamentais, rasos, rentes ao chão. Jardins a serem vistos da calçada ou de cima, não feitos para se passear neles. Foi passando e olhando. Também as educadas cercas de fícus, baixinhas, tosadas, o alinhamento regular, se interrompendo à entrada das garagens. Verdes havia, muitos, de gradações e intensidades que descansavam a vista.

Não, não era isso o que buscava. Não a simples árvore, o apenas verde, ele não tinha a menor preocupação ecológica. Isso fora uma geração atrás, quando as pontes com um passado próximo ainda não haviam sido cortadas. As cidades eram irreversíveis, cresciam, cobriam campos, apagavam a memória do que existira. Por que o verde, se dispunha de outras cores? Sorriu, cínico, as esquadrias brilhantes, os vidros foscos, os cortes das construções não lhe traziam uma nova beleza? Essa agressiva paisagem de pedra, imensa, duramente espraiada, e as suas ligações de vias, rodovias, expressas artérias de correndo cortar, ascender em rampas, viadutos, circular por trevos, entroncamentos, vendo a janela do automóvel desfiar avenidas, monumentos, organizados centros comerciais, industriais, residenciais, as vidas várias metropolitanas? Precisava de bosques, florestas? Que idéia, tanto quanto de javalis para caçar ou de um retorno ao feudal. Ele senhor ou servo, não mais um indivíduo com profissão, deveres concretos, direitos difusos, no entanto um caminho cada vez mais fácil, e cômodo, e tranqüilo até o fim. Qual seria o seu fim? Involuntário amiudou o passo, como se a hora estivesse marcada, e de novo voltou ao vagar, tinha tempo, as pessoas de normal demoram a chegar ao crematório. Vão lenta e limpamente. Com a indispensável dignidade na morte, que é somente o parar sem lembranças.

Então, por que o pífano? E a sombra, com o seu recorte no chão? Ele não se recordava, não podia, aquilo viera de outros, de avô e pai, chegara sem aviso ou explicação. Gostava desta avenida, certamente gostava, a perspectiva e o espaço aberto. Como lembrar ruas acanhadas, se detestava aglomerados, se o escuro fazia pensar em feio e fanado, uma quadra vencida? A cidade, crescida, adulta e de agora, era ele feito presente. Um indivíduo, ele e sua identidade. Ele, sim, mas que identidade? Ele para um homem, os nervos de sensível, as trilhas de pensar. Mas qual seria o ele real, retrato e número, isso ou alguma coisa além? Que é um indivíduo, hoje, aqui? O que não vê, não houve, e se movimenta igual, ao longo das cercas de fícus, ou o que procura um som sem sentido, um vago oscilar no chão, as vozes que não recorda mas quem sabe continuam?

Tarde, já, que veio do céu entre os cumes dos prédios. Não das pessoas, felizmente, pois ninguém anda pela cidade, têm todos o que fazer, seria de admirar ficassem caminhando sem destino. É possível que o parem, peçam documentos, façam perguntas. Que dirá, como explicar? Continua, pelas calçadas vazias, agora furtivamente. É o que sente culposo, o relógio marca três horas, não comeu nem bebeu, ali caminhando sem parar e sem rumo, loucura o pífano, a sombra, tudo uma alucinação mal despertada, pior seguida, não é razoável gastar um dia inutilmente. Onde estão os outros, que poderiam acompanhá-lo ou encontrar nas poucas esquinas? Trabalhando, evidente. Pensa em sua ocupação, não vagamente mas a de hoje, o que teria de fazer como tarefa diária, quase inadiável, e pela primeira vez lhe vem a sensação do inútil. Não fez, amanhã fará, qual a diferença? Haverá alguém que note a irregularidade? Se for compensado o perdido, qualquer dia um pouco mais, depois outro, o computador iria apontar uma lacuna em seu cartão de serviço? Naturalmente não. Por que então os mesmos gestos, às mesmas horas, balizando o que ninguém reparava? Por que tão responsável, se o trabalho uma peça, pequena e pouca, na enorme engrenagem? Enorme? Duvidou, também espantado, qual a razão final do que fazia? Não se respondeu logo, não saberia a resposta, desviou-se para o imediato. O pífano, a sombra na terra, como um desenho, seu tecido, seu tremor oscilando, o escuro vão de escada, beco, raiz.

 Foi andando, se afastando, a zona do centro muito para trás, as avenidas, os bairros, tinham passado, suas ruas de ligação perfeitamente iguais, as casas com antenas, os abrigos para carros, as praças redutos de canteiros e bancos, tudo se repetindo, só as cores mudando, aqui e ali um formato diverso, imprevisto, mas que resultava circunscrito, fechado e semelhante. Quem anda chega ao mesmo lugar. Era o que pensava, suando, cansado, querendo voltar e esquecer. No entanto o pífano insistia, agora que o trabalho se dispersara. Vazio e vago, sombra no chão. Uma coisa e outra, as duas iguais, tanto tempo para reparar. Chegara a notar mesmo, ou aquilo fora involuntário, um despertar de nervo exposto, desafinado, como um dente doendo? O avô era calmo, pausado. O pai nem tanto, um homem com altos e baixos. Quanto a ele, o atual, programado, e apesar ali descompassando. Um pífano, uma sombra? Isso tira um homem dos eixos, deixa que ande sem motivo, à procura de nada? O pífano se interrompe, como ele. As sombras são móveis, confundem mais. É preciso ir em frente.

 E vai, e segue, e caminha. Sem saber ao certo se procura ou observa. O que busca finalmente, com quem repartir o encontrado? As pessoas não andam mais, havia tempo que não andavam, todas em trânsito saindo e chegando, passando, apenas ele regressava ao caminhar. Às calçadas, ao chão. Ainda que não terra, não descalço, era o que sentia sob os pés: solo. Uma palavra também esquecida, como fronde. Os sapatos continuavam, pesando, não estava acostumado. Devia ter andado, desde a manhã, o que não fazia em um ano, e assim agitado, tenso, em marcha batida para lugar nenhum. Como seria um passeio? Respondeu-se a sorrir, de novo achando graça na pergunta. Ninguém passeia pela cidade. Quando se quer sair, toma-se uma condução, vai-se à montanha ou ao mar. Lá sim, no campo e na praia, tem-se ocasião de passear, às vezes, querendo. Mas quase nunca, reconhece, é um hábito antigo, passado, quem iria trocar as tantas distrações, e tão bem organizadas, por um passeio mesmo que não solitário? Passara, sim, perdera-se o costume. Era compreensível, afinal. Quando se vive aqui, entre os prédios e as vias expressas, o trabalho forçando horários e bloqueando, os amigos e colegas promovendo encontros e festas, como lembrar-se disso? A cidade não foi feita para se passear.

 Por isso andava inquieto, um infrator à solta caminhando. No começo, estremunhado ou conduzido pelo sonho, julgara que o seu desconforto fosse por causa do pífano. Agora, não. Sabia que não, sabia que era por esse andar amalucado, um sujeito perambulando pela cidade sem poder explicar-se. Que dizer se alguém o detivesse? Como contar que faltara ao trabalho, qual a sua desculpa? Falar do sonho e do pífano, da sombra das árvores no chão, um sumido entrançado? Ninguém entenderia, ninguém poderia ao menos recordar. Seria tomado como louco, ele e seu absurdo, andando porque tinha sonhado. Sonho? Alucinação? Sim, não, devia ser, mas não era, que lhe adiantava enganar-se? Ouvira acordado, se levantara, aquilo parara e repontara, depois da janela aberta, exata-

mente como seu avô contava. E o pai confirmara, era. Fora acontecer com ele, setenta anos mais tarde, oitenta metros acima da calçada, numa cidade sem árvores, ou sem chão de sombra de árvores. Por quê?
    Andou mais, andou, a tarde caindo. Em meio às suas interrogações, tantas dúvidas, e assim tão de repente, um medo que já não conhecia o foi tomando. Este lugar não era seguro, afastado, quase ermo, um subúrbio desconhecido e distante. Ainda havia assaltos, dizia-se. Apesar de um fato ridículo, havia ainda. Se acontecesse com ele, por pior que fosse, nem poderia contar. Apressou o passo pelas ruas desertas. E lá no fim da última, que lhe parecera quase um beco e sem saída, viu a pequena praça, as árvores, o velho recanto esquecido. Seguiu com a sensação de um fim de linha.
    A pracinha ficara, só de contramão e sem importância. Marginal como um livro, um rádio, uma canção. Ela e seus bancos de madeira, seu chão batido. O molho de árvores, poucas, mas ali, empoeiradas, quase petrificadas, mas ali, árvores com folhas, galhos, dos troncos às ramagens eram as mesmas das gastas estampas. Uma praça como um quadrado, parada ficando.
    Ele chegou e foi entrando, entrava na praça, no tempo, atravessava os seus primeiros metros de relva, de areia, e assim cruzava um pórtico, uma época, ele via aquilo feito o resíduo, o resto do que nunca fora, um chamado para trás, tango, apelo doído e envolvendo e sincopado, o avô, o pai, os dois estavam ali, estavam no entanto mortos, suas vozes, seus gestos, os termos e as feições, vibrando, impressos, o que permanece se achava ali, encontrara, aquele o lugar restando e intato.
    Tudo aconteceu de repente. Ele se viu olhando as rendilhas que a trama dos ramos fazia no chão, olhando encantado, quando ouviu o som do pífano nascer, subir,

aproximar-se. Não levantou a cabeça, temendo que a música cessasse. Ficou imóvel, esperando, preso aos desenhos que o vento movia na terra úmida. Então, o avivado tema de outrora tocando em frente, ergueu a vista. E era o menino com o pífano, tocando a fitá-lo. Um menino que a princípio não reconheceu, mas veio vindo, vagaroso, por álbuns de retratos, lembranças, espelhos, um velho menino seu. Ficou ouvindo e olhando. Ele recuado e tangendo a dormente melodia, se acordando, crescendo e quieto, calculando, vivendo, andando, até ali a sombra movediça a seus pés. Os olhos que viam o menino brilhavam de entendimento, eram opacos de sem razão.

AS ROUPAS

A Joelson Amado

O carro parou em frente à casa. Estava com uma luz acesa na entrada, mas dormia deserta. O quarteirão, a rua, também pareciam abandonados. Era madrugada e fazia frio. Mariano desligou o motor, saiu para a garoa. Do seu lado, Augusto fechou a porta cuidadoso, como se precisasse não fazer ruído. Os dois ficaram um instante imóveis, na calçada, no asfalto, e juntos se dirigiram à gradezinha baixa. Portão, caixa de instalação elétrica, breve caminho de cerâmica um vermelho-escuro. Degrau, o vidro fosco e a fechadura. Mariano tirou a chave do bolso.

Não houve barulho, foi um simples deslizar. E passaram ao vestíbulo com os seus quadros, plantas, difusamente familiares. Aquele movimento ao se voltarem, de novo trancada a porta. Quando os cachorros correram para eles, duas sombras pelo chão, latindo, furando o silêncio. O susto, o recuo, até que vieram as palavras de aquietar:

– Sou eu, Xará.
– Pára, Pantita.

Mariano se ajoelhou, acariciando os bichos que faziam festa. Augusto, ainda assustado, esperava desgostoso no seu pouco à vontade. O contato com os cães era desagradável.

Os animais sossegaram, dóceis foram pela casa atrás deles. As luzes se acendendo, as peças e os móveis surgindo, a escada para o andar de cima. Mariano, Augusto, não paravam nem viam, seguiam direto. O corredor, o comutador, o quarto. Entraram.

Nenhum dos dois poderia estranhar. Sabiam a disposição, os volumes e objetos principais. Tinham visto de relance. Mas pararam, quietos na hora tarde da noite, ali sozinhos. Os dois contra uma intimidade. Travesseiro, a mesa de cabeceira, o cinzeiro. Era como se sentiam, entrando naquele particular. Violadores. Uma gravura antiga, sobre a cama, sugeria flores.

Decidido, Mariano se adiantou. E abriu o armário, com um estalo seco:

– Que terno a gente leva?

Augusto respondeu:

– O mais escuro, o mais novo.

Examinaram dois e três, escolheram um, arrumaram na poltrona.

– E camisa?

– Branca. Ou azul-claro.

Naturalmente pegaram a menos usada. E um par de meias pretas, um cinto da mesma cor, puseram de banda a cueca. Sunga, de uma só trama. Não olhavam ao redor, concentravam-se na tarefa.

– E sapatos? É preciso?

– Não sei. Mas vamos, os mais sérios.

Os cachorros ali perto. Olheiros, testemunhas. Os dois procuraram, mexiam-se como observados, encontraram na sapateira um par preto e severo. Estava bem.

– A gravata!

– Deixe, que eu vejo.

Grená, fininha, com um arabesco. Recepção, coquetel. O digno bom gosto. E franjada na ponta, alegremente.

Tudo em cima da cama. Era aquilo, não era? A embalagem, o de cobrir o produto, ao mesmo tempo chamando atenção para ele. Augusto puxou o maço de cigarros, faltaria alguma coisa? Lembrou-se:
— As abotoaduras.
— E tem que usar?
— Ele usava, não é? E bonitas.
O difícil era achar. Pense no imprevisto, que acerta. Ele não tinha jeito de cada coisa em seu lugar, devia pegar ao acaso, um acessório à mão.
— Douradas?
— Douradas.
Por que não? Douradas, prateadas, niqueladas. As melhores, fechando os punhos. Tinha lutado, não tinha? Tinha direito às suas melhores abotoaduras.
— Estas.
— Então acabamos.
Sim. Haviam acabado, juntado aquilo. O inventário exterior para viagem. O adeus de todos, vou assim, é assim que fui. Ou andei. E não estaria de acordo?
— Como é que embrulhamos isso?
— Não precisa. Levamos na mão.
Mariano concordou:
— O terno no cabide. O resto na mão. Vamos embora.
Pegaram as coisas, apagaram as luzes. Tiveram trabalho em descer, afastar os cachorros, fechar a porta. Arranjaram tudo no carro, banco de trás. Mariano ligou o motor, e antes de dar a partida se voltou para Augusto:
— Você me promete, compadre?
— O quê?
— Duas coisas.
— Diga.
Mariano se demorou por um momento. Augusto acendeu um cigarro.

— Se eu for primeiro, quero que você limpe minhas gavetas e amarre meu queixo.
Augusto não o olhou nem falou.
— Você sabe, minhas gavetas, elas têm muita coisa de pessoal. O que for meu, rasgue ou queime. O que não for, encaminhe. Para o escritório ou para a família.
— Está bom.
Mariano parou, como se estivesse pensando. Ou revendo. E disse:
— Não se esqueça de prender meu queixo. Fica horrível de outro jeito, já vi. Não quero entrar no outro mundo de boca aberta. Entendeu, não é?
— Entendi.
— Promete?
— Prometo.
— As gavetas limpas, o queixo no lugar. Está certo?
— Está certo.
— Se eu for primeiro, pago na mesma moeda.
Ficaram um instante parados, calados, toda aquela carga no banco traseiro. Augusto esgotado, aliviado, com a noite aberta em volta. Mariano ainda pensando:
— Vamos voltar e vestir ele.
Augusto sobressaltou-se:
— Vestir?
— Então? Nós viemos buscar isso para vestir o homem, não é?
Uma pausa. E Augusto, principiando a tremer, disse:
— Eu não tenho coragem. Você veste, eu fico com ela. Está direito?
Mariano foi rápido:
— Não, não está. Se você não tem coragem de vestir ele, como é que vai prender meu queixo? Que diabo de amigo é você?
Augusto conseguiu sorrir:

— Eu vejo as gavetas, eu tomo as providências.
— E me vestir, e meu queixo?
— Isso eu não posso.
Mariano sorriu também:
— Você prometeu.
— Eu sei. Mas não posso.
— Eu faria isso por você.
— Eu sei. Mas não posso. Faço o resto. Mas vestir, amarrar o queixo, isso não.
E começou a chorar.

VOLTEIO

Eram amigos desde 1910. Na revolução francesa, um brigou, mudou, foi guilhotinado, o outro restou e fez as leis. Nas guerras púnicas, nas troianas, nas de caverna, um morreu debaixo de elefante, de muralha, dentro do fogo e do ferro, o outro desfilou, triunfou, gravou na pedra a memória dos dois. Mas eram amigos, e naturalmente se gostavam. Um do outro.
 Este se atrapalhava de sentir, uma coisa miúda e diária, que o empurrava para o centro do que era vivo. Aquele se organizava na distância, ou perspectiva, buscava o som exato e ficava, com o seu binóculo. Este na cidade, entre os muros, castelão de edifícios, arrieiro, cabineiro sem horizontes, e aquele nos arredores, subúrbio com árvores, rios, caminhos, as nuvens de olhar e entender sobre o mundo. Mas se gostavam.
 O primeiro calado, quieto, às vezes sofrendo. O segundo falando, rindo, um homem se move. O de começo baralhado, confuso entre o pensar e fazer, tanto deixado em meio, ou no descaminho, a vida levando a palma e a plantação. O do final sempre lúcido, separando bem e mal, recolhendo os restos do seu recado, para montar os dias com espora e bridão. Os dois, no entanto, cavalgando juntos. E se gostando.

O tijolo, o papiro, o impresso. Para um, a via de sair. Para o outro, a de entrar. Não importava que se misturassem, nada é inteiro, assim definitivo. Eles, entretanto, acreditavam. E assumiam as atitudes, eu sou o que vai, eu sou o que vem e fica, um em trânsito, outro congelado sinal, verde pode ir, vermelho é bom parar, quem manda em mim. Escrever deve ser documentar. Viver, levantar ou fornecer matéria. Ora, os enganos no meio dos dois, onde o começo, o meio, o fim, como se tudo fosse ordenado, o homem um instrumento simples de primeira geração. Talvez por isso, os dois amigos.

Acontece que um chorava. Justamente o que fazia, e andava, e desordenado morria. Enquanto o outro secava, o de contemplar, e que afastado julgava, e pesava, e media. Um chorava em filme classe B, em conversa gratuita ou enterro de parente mais velho, conturbado comovido. O outro se continha mais fundo, mais antigo, e depois obrigado e extravasado escrevia, lembrando lendas e lundus, dando contas de que por igual lamentava. Um se achava assim, o outro assado. Com lágrimas, com pena, os dois diferentes. Eram amigos e se gostavam muito.

Em 1642, um foi branco e pernambucano, o outro cafuso e holandês. Em 1975, ambos foram desagradáveis num almoço. Se no século XVIII houvesse a crítica estruturalista, ou concreta, se hoje tivéssemos o índio, o negro, o português ainda não misturados, teria sido mais fácil para os dois. Mas não foi. Beberam como gregos, antilhanos, marinheiros de tv. E disseram o que não pensavam, estando apenas conformados. Mais uma vez porque se queriam.

Amigos, como diversos. Um pouco além, ou muito adiante, como contrários. O rude sorrindo, e de tanto se exercitar amaciado. O amável careteando, e crente no seu anátema, é aqui ou acolá. Os dois, todavia, roendo, remoendo as fúrias e os enjôos, tanto se faz difícil conviver no comum ou suportar o sofrível, um salão de província o mesmo do federal. Espada, adaga, punhal. Ó aquela imensa vontade de dar banana! Irmãos, amigos, desde 1910. Houve a inquisição, o colonialismo, a escravidão de tantos. Sempre que podiam, um deu a mão ao outro. Sempre em questões de fato. Mas de religião, estética ou ideologia, estiveram muito separados. Herético ou futurista, não. Conservador ou reformista, sim. Um homem é a medida das suas atitudes, pois não é? Quando se pode atenuar, tudo bem. Quando não se pode, seja o que Deus quiser. E não me venham dizer que falhou, faltou, fracassou a amizade.

Eu faço, ele cobra. Uma luta, um plantio, uma casa. Posso perder, colher, viver, mas também pode ser que não. Os azares do tempo, que mudam ou se repetem, ele não admite. Acha culpa minha, me exige. Fazendo comparações, olhe os outros, são muitos os que vencem, armazenam, terminam sob um teto seu. Veja a história, a nossa, de séculos e séculos. Mas não posso falhar? Não, não está direito. E eu não me arrisco? Sim, o risco faz parte. De tudo, aliás, mesmo entre amigos.

Eu oriento, ele segue. É como se a gente o soltasse num campo e ficasse esperando o resultado. Feito uma corrida ou justa, sempre, assim imprevista. De biga, de liça, de automóvel. Treino ele, converso, animo, e fico esperando para não concordar, porque não posso, discordo, não compro o seu estilo, as suas improvisações. Fizesse o que digo, seria diferente. Mas seria melhor? Sim, sem dúvida. No entanto, ele duvida. Acha que não ganharia nada, nunca, e até se acabaria esta amizade.

São duas as músicas, as cores. De bandolim ou violão, de câmera ou disco. Ouro sobre vermelho, prata sobre azul. Não existem variações, alternativas, é tomar uma, outra, ou largar. Para que ficar inventando? São muitas as músicas e as cores. De instrumentos, lembra-se, e tão misturados. As melodias têm suas tonalidades, seus matizes, como as cores têm sons, arpejando. Existem mesmo pausas, vácuos na cor e na música. Para os que sentem.

Foi o que eu disse, não foi? Apenas de um outro modo, outro ponto de partida. Você se situa e vai, quebra a cabeça até encontrar. Ou sentir. Dá igual, toda descoberta é uma forma de sentimento. Mas precisamos ir além das coisas. A pé, de caravela, de balão ou avião. Por que voce fica em casa, meu amigo?

Pensando e lendo, conversando com você. Por isso não distorça nem inverta o que eu disse, é indecente. Posso muito bem sentir aqui, parado e olhando, até descobrir o que você não encontrou. Há maneiras, creio, para cada homem. Os seus feitios. Não concordo, nunca vou afinar com você, meu amigo.

Serviram de modelos para baixos-relevos, esculturas e quadros, sempre juntos. E junto eles foram fotografados e filmados. Primeiro de perfil, depois lado a lado, afinal apanhados em flagrante. Sérios, posados, sorrindo. Um mais magro, o outro mais gordo. Ambos envelhecendo, muitas idades, nunca eram os mesmos. E à medida que envelheciam, ou se distanciavam de suas fontes e perdiam o ímpeto em buscar ou afirmar, eles se faziam mais parecidos. Mais amigos, talvez. É possível que esquecessem. Um menos isso, o outro menos aquilo. Repetidamente se aproximando.

A última ocasião em que um morreu, o outro não fez discurso. Ficou só olhando, e triste e mudo e perto viu-se morrer também. Afinal estranhos, longe das intimidades que interferiam. Eles mesmos, não através de lembranças, o que existia. Uma veste, se alterando no tempo. Um gesto pessoal, se renovando isolado. A imagem deles, confundida ou superposta, pois independente. Dois homens se despindo. Entretanto eram amigos, desde 1910. O sobrevivente deixou os demais se dispersarem, então saiu para dar uma volta no quarteirão. E no primeiro bar, sozinho, aguardou que mais uma vez o outro chegasse.

A BUSCA DO SILÊNCIO

A empresa ocupava os últimos andares de um prédio central, eram seis, e logo depois dos elevadores se dividia em pequenas salas, iluminada por luzes frias, abrindo para extensos corredores atapetados. Centenas de compartimentos, iguais, longas fileiras de portas. Os tons uniformes queriam dizer falta de qualquer distinção, mas resultavam num clima antigo e mortiço. Não disfarçavam a hierarquia rígida que todos sabiam.

Entrava-se nela pelo andar inferior, ainda que bastante alto. Daí as exigências de testes, psíquicos, motores, profissionais, as formalidades e demoras, até o final funcionário. Vindo como um título, uma satisfação de orgulho, mesmo que marco inicial. Porque a via começada não se fazia curta, levava anos, ascendente mas vagarosa ia dando e tirando, a cada qual conforme o seu feitio, um lance de escadas podia significar miopia ou vista cansada, a calvície ou o grisalho, e lentidão precoce, e mal distribuída gordura, e secos ombros curvados.

Para a maioria, sempre isso. Em alguns casos, nem tanto. Felizmente, à medida que subiam, e o ascensorista nunca precisou perguntar o andar a ninguém, eles apesar de modificados se equalizavam, de certo modo existia a marca do nível. O mais baixo, aquele do início, era compassadamente ruidoso: de manhã cantavam-se hinos, com letras que animavam a produção, e depois de um intervalo por todo o expediente, fim de tarde, havia batidas de gongo, palmas, aclamações para os mais destacados. O plano imediato, ainda que não calmo, tinha um rumor constante e menos forte, como se algum bicho se arrastasse na mecanografia e no computador. Em seqüência, toda uma gradação de tarefas, e atividades, e funções, que resultavam no vozerio, na conversa, nas frases discretas, até o afastamento do ruído. Ou a progressiva conquista do silêncio, a diretoria último andar. Aí, as largas janelas envidraçadas, com vista sobre os terraços dos edifícios vizinhos, protegiam os pausados senhores, seus ouvidos quietos e ausentes, andava-se num deslizar sereno, e tudo se acalmava na sensação de aquário, redoma, aquela transparente barreira a separá-los da agitação e do som.

Então a carreira seria a busca do silêncio? Evidente que sim, todos sentiam isso, e aprendiam a desejá-lo, a querer uma tranqüilidade misto de prêmio, de promoção, quando alguém se elevava à esfera superior entendia melhor: aquele vácuo em redor era uma garantia. De não se perturbar, de atender com menor esforço as imposições do trabalho, maiores, mais complexas, e no entanto fluindo suavemente. Por causa do silêncio, que lhes chegava em cotas bem dosadas. Ninguém pretendia uma nova sala, mesa ou cadeiras novas, janelas ensolaradas e amplas, essas miudezas que atravancam os caminhos em toda organização. De resto, seriam inconcebíveis. Padronização perfeita. Assim a disputa se fazia vertical, lutava-se na direção correta, para cima, para o alto, e não se perdia tempo com banalidades. Palmo a palmo, o silêncio era absorvido. No entanto, os mais tarimbados conheciam além dele um outro bem a receber.

À medida que subiam, e lhes era dado um grau de

esquecimento no bulício geral, e pouco a pouco ele se fazia exterior, distanciado, uma coisa pertencente aos círculos abaixo, os homens se irmanavam em aparência, já sabiam, aproximados em idades, gostos e maneiras, mas o principal é que se viam amadurecer na experiência, no seu reconhecimento, e daí a segurança do andar com lentidão, do gesto repousado, pois tinham consciência de que podiam resolver num instante, sem apreensões nem palavras, aquilo que os mais jovens levariam tempo e voz para as meias-soluções. O silêncio, entendia-se, era apenas uma decorrência. Ou um símbolo, apesar de exercido. Porque o fundamental, e isso eles ouviam na pele, nos ossos, era a falta do confronto, dessa dúvida que violenta, da comparação entre estágios diferentes na mesma natureza. Em cada andar, a uniforme cena humana. Os mais moços abaixo, os mais velhos acima, a cada um conforme a sua ciente vivência. Um aprendizado que se cumpria, em troca dos dias que não voltam e iguais virão para acabar na mesma noite. A vida será um rosário de mistérios repetidos? Eles não se respondiam, porque apaziguados e confiantes iam ganhando o seu silêncio.

    Uma boa empresa, sem dúvida. Sólida, próspera, o futuro nas mãos. Que todos se achavam na obrigação de empunhar. Afinal de contas, vinham vindo há mais de meio século, eram líderes de mercado e tinham um esquema, uma estrutura, tudo para continuar vitoriosos. O país, novo e promissor, não repetia mais as visões do amanhã, crescia em realidade hoje, como não acreditar nele? Somos todos homens de um mundo só, esta aldeia global. Um mundo com problemas, mas avançando. Um país que se esquecera das suas desculpas e voltava a falar de grandeza.

    – Nascemos num enorme celeiro. É só cuidar da lavoura, financiar a agricultura, e podemos abastecer o mundo.

— Temos a sorte de viver em paz. Nada de guerras, nada de violências. Graças a Deus o governo é de pulso forte.
— Somos abençoados. Rios, florestas, minerais. E o nosso litoral, imenso. Nem ao menos temos vulcões.
Infelizmente, e de repente, o país quase parou. Matérias-primas, petróleo. O produto nacional bruto. A inflação, a dívida externa, afinal a estatística. Um governo que saía, outro que entrava. Sem otimismos. Com trabalho, poupança, responsabilidade, as coisas iriam melhorar. O salário mínimo, o austero indispensável. E esforço, economia, espere a esperança. Era exatamente o contrário da euforia anterior.

Na empresa, as repercussões da situação nacional foram sérias, quase baralharam os andares. O vocabulário mudou, como os temas de conversa, e falou-se de conjuntura, macroeconomia, no picotar da costa a furar poços, prospecções diversas, salário-base, salário-teto, esses assuntos que nada tinham a ver com a tradicional família e seus hinos produtivos. Houve um certo aumento de ruído, perturbando os níveis de silêncio paulatinamente alcançados. Mas a companhia, bem equipada em planos a médio e longo prazos, logo se acomodou à emergência. E apertou os seus imperceptíveis botões.

O subgerente da Divisão AD-1, com sala no penúltimo andar, quarenta e cinco anos, planos de aposentadoria aos cinquenta e poucos, iria viajar e dedicar-se a uma secreta coleção de folhetos (cantadores populares nordestinos), foi chamado pelo seu gerente, que reportava ao diretor geral. Subiu os degraus em passo quase regular, pois uma leve inquietação minava-lhe as defesas veteranas. Bateu à porta, entrou, sentou-se de frente para aquele panorama elevado. O seu chefe não sorriu, como de hábito, mas se pôs a falar no mesmo tom baixo, aplai-

nado, que impunha atenção e lucidez. Foi um curto preâmbulo, muito preciso. E logo veio o motivo da reunião:
– Você tem dois assistentes. Precisamos despedir um deles, o mais dispensável. Quem é?
– Não sei, assim de pronto. Os dois estão na mesma situação. Me dê um pouco de tempo, vou pensar.
– Qual o mais antigo? Você sabe, a indenização.
– Sei. Mas isso não importa muito. Começaram quase na mesma época, têm mais ou menos a mesma idade. E a folha de serviços é também igual.

O gerente bateu com os dedos sobre a mesa, apenas um rufar sem som, e disse:
– É horrível, nós sabemos. A minha posição, a sua, é uma coisa dolorosa. No entanto... É, não há outra saída. Você conhece as razões, não podemos ceder a amizades, sentimentalismos. Devemos fazer.

Mais uma vez, meio desamparado, o outro concordou:
– Sei.
– Então pense. Veja os prós, os contras. E me dê uma resposta amanhã.

O subgerente saiu da sala, desceu as escadas. Pela primeira vez, sentiu como se através de alguma porta aberta, repentino, um surdo rumor o envolvesse, misturando-lhe as idéias, os sentidos, ele sozinho e atarantado em meio ao tráfego, automóveis, gente, desencadeada tempestade. Ficou longo tempo sentado, olhando a mesa limpa e pensando. À noite, em casa, quase não comeu, nem falou, dormiu bem pouco. Pensando, pesando, pondo nos pratos de uma balança os dois homens que há quinze anos conhecia, suas qualidades e limitações medindo, contando. Vagaroso, apesar da ânsia em concluir. Sem na verdade querer chegar a um resultado.

Um era forte, franco, expansivo, a custo controlava o seu corte mais para o rude, vencia com dificuldade as lacunas da formação atabalhoada e prática, já adulto estudava, se ordenava, cuidava-se de maneiras, de roupas, certamente despendia muito esforço no seu caminho para cima. O outro era frágil, fino, reservado, sem sentir mostrava-se atencioso, atual, apenas e à vontade acrescentando ao lastro visível um livro recente, uma gravata lisa, os adornos sutis e quase dispensáveis à carreira tranqüila. Direito e avesso, peso mal distribuído e discreta leveza, Pedro e Paulo. Além dos nomes, como seriam? Nos seus momentos mais pessoais, em dúvidas de inseguro desapoio, fora dos corredores que lhes amorteciam o mesmo começo de calva. Um alourado, o outro moreno. Mas casados, cansados e calculistas, humanamente atentos. Então o homem faz de si mesmo um investimento, com os seus prazos. E cancela-se o seu contrato? Assim, em meio, sendo cumprido. Assine aqui, nada feito. Acabou. Um deles iria desaparecer na cidade, sumido apagar-se.

– Qual dos dois?

O subgerente abanou a cabeça, devagar, e disse:

– Não sei. Honestamente, não sei. Pensei muito, examinei a contribuição de cada um, o que eles ainda poderão fazer. Não tenho escolha. Com segurança, certeza, não posso escolher.

Tinha chegado resolvido a fugir, ganhar tempo, quem sabe a demissão iria diluir-se, adiada ou esquecida, outros problemas passando a plano imediato? O gerente levantou-se, acenando calado, esteve por um instante em frente à janela. Voltou, sentou-se como se um grande cansaço o abatesse:

– Eu sabia. É difícil baixar o polegar, muito difícil. Principalmente para você.

Havia uma velada sugestão de fraqueza.

– Não é só difícil, nem mais para mim. Para qualquer um, seria uma decisão às cegas, espécie de loteria. Isso não posso, não acho que devo.

Agora uma certa animosidade, a instrução que superior se contestava.
— Espere, não veja assim. Precisamos escolher o que vai, o que fica, temos de fazer. Calma, vamos conversar.

Tomaram café, acenderam cigarros, fizeram perguntas e deram respostas se alternando. Até que o gerente quis saber:
— Qual dos dois ficaria melhor no penúltimo andar?
— Como? — controlado e aparentemente frio se espantou o subgerente.
— Estou invertendo a questão. Qual deles indicaria, amanhã ou depois, quando você viesse cá para cima? Quem deveria ficar no seu cargo?
— Sim, entendo.

E bateu o cigarro no cinzeiro.
— O Paulo, não é mesmo?
— Creio que sim. Mas...

O gerente sorriu:
— Seu mas chegou um pouco tarde. Você sabe, tão bem quanto eu, que será ele. Por que não concorda?
— Por que isso é agora, daqui a uns anos poderá ser diferente. Os homens mudam.
— No nosso negócio? — estranhou o gerente. — Todo esse tempo de treinamento, de prática... Não há surpresas. Além do mais, estamos falando de uma decisão para hoje.

O subgerente não disse nada. A voz do gerente era impessoal, mas o seu gesto encerrava o assunto:
— Vamos despedir o Pedro.

Tudo se fez muito rápido. A partir do momento em que o subgerente desceu o lance de escadas, com a sensação terrível de haver contribuído para a decisão, houve um acelerar do mundo, do tempo, as rotações desembestadas encurtaram as horas, os dias, os meses. Pedro se despedindo, o trabalho se modificando, onde estava a boa e velha rotina? Subterrânea, talvez. Perceptível somente no movimento vertical entre os andares. Porque então, passado um período que ninguém saberia localizar, houve aquele princípio de normalidade. Aparente, é provável. Mas com um jeito de casa posta, ou refeita, a restaurada atmosfera de gradativo silêncio e crescente de estável. Lá fora a cidade, o país, deviam ter retornado ao antigo padrão. Também. O que se afirmava em conseqüências menores, ondas franjadas na areia.

– Chegou a sua vez de subir.

O subgerente, ainda não refeito de tanto que vira e passara, olhou-o sem fala. O certo era esperar, o correto.

– Houve mudanças na diretoria. Dois velhos companheiros vão-se aposentar, eu assumo a direção comercial. Você ficará à testa da Divisão AD-1. Parabéns, meu amigo.

O subgerente, agora ex, promovido agradeceu. Dignamente, apesar das palavras em outro nível de intimidade. E novamente desceu, para subir uma semana depois, já definitivo. A vista de sua nova janela estava acima do prédio fronteiro.

Então, sem que reparasse no calendário se desfolhando em cima da mesa, apenas entretido com a muda paisagem ao redor, o novo gerente engordou seis quilos, arrancou dentes e trocou de óculos três vezes, perdeu muitas palavras, amizades, lembranças, afastou os sonhos de viagens, abandonou a coleção de folhetos, vestiu-se de escuro, de sozinho, e deixando no barbeiro os últimos fios da cabeça agora raspada, no espelho os vestígios do que tinha sido, até bem pouco, fechou-se por dias e noites no seu aquário, lentamente para lá, para cá, flutuando, quase nadando, entre as experiências a se esfumarem esquecidas, os silêncios avolumados que fofamente envolviam, ele sempre e mais quieto, calado, acabando.

O DIA DIFERENTE

Manuel entrou na cozinha. Alice estava acabando de fazer o café. Sentaram-se, o bule e os pães entre os dois. Começaram a comer. De repente se puseram a cantar, ele, ela, a mesma música. Nem estranharam o que acontecia, os dois sempre tão sérios. Apenas se olharam, trauteando, entoados, até que Alice foi lavar as xícaras, Manuel pegou a marmita e saiu. Mas era como se continuassem, ambos afinados, cantarolando aquela melodia.

Luísa estava no fogão, destampando a panela de arroz, quando Francisco entrou e abraçou-a por trás. Ela tomou um susto, ele começou a rir. Beberam o café assim, dando risada, era muito engraçado. Nem um nem outro conseguia parar. Brincadeira de criança, parecia. E eles sempre tão tristes. Mas hoje não, despreocupados, à vontade mesmo. Na hora de sair, Francisco até deu um beijo em Luísa. Foi-se embora rindo.

Geraldo veio do quarto perguntando pelo café, Marta respondeu que estava pronto. Ele continuou falando, ela também, era conversa. Serviram-se. Um em pé, o outro sentado. E sem parar de dizer, explicar, discorrer, se entendendo. Como não faziam desde o começo, os primeiros tempos, ambos sempre tão calados. As vozes claras, íntimas, afinal. Marta ficou na mesa um pouco mais,

com Geraldo ali de palestra. Então ele viu o relógio e bateu a porta acenando até.
  O ponto de ônibus, fim da linha. A estação de trem, breve parada. As escadas do metrô, os degraus descendo. Eles notaram o vozerio do povo, as rizadas no ajuntamento, a mesma canção que muitas pessoas cantarolavam. E seguiram para a fábrica sentindo a manhã diferente.
  Para Geraldo, na luz branca do vagão, as palavras se apinhavam, em pé, amontoadas, e furando o escuro lá fora nem contavam, não entendia, o impressionante eram os rostos, máscaras mudando junto com as frases, pronunciadas fortes, francas, acompanhando os sons de coisas certas, sem dúvida sim, tanto quanto as que ia imaginando e dizendo, sua voz marcada por um tom imprevisto de aspereza.
  Mesmo que quisesse, Francisco não poderia deixar de rir. Apertado junto a uma porta, o trem correndo e parando no picadinho das estações, a viagem estava uma loucura. Todo mundo falando, cantando. E principalmente rindo. Os três sujeitos pendurados, do lado de fora, passavam raspando os postes, as cercas de arame, os muros, e riam com todos os dentes, uma alegria quase impossível. Ele se desdobrava na sua gargalhada.
  Se Manuel houvesse parado no botequim para comprar cigarros. Não parou nem fumou. Cantarolando seguiu e pegou o ônibus. Aí reparou que todos falavam e riam e cantavam a sua música. Pisado amassado prensado. Sacolejando. Cantando cantarolando. As ruas cinzentas de fora cantavam. O ônibus desconjuntado nos arranques e breques e marchas cantarolava. Seu rosto fechado. Sua marmita de encontro ao peito. De boca aberta ele cantava a melodia de tantos.
  Os três despejados no meio da rua, na estação, no princípio de escada. Reunidos a caminho do apito. Atra-

vessando o portão com seu guarda, entrando pelo pátio povoado.

Francisco rindo sem saber ainda.

Manuel cantarolando sua canção.

Geraldo falando sozinho.

No galpão, pavilhão, seção de tornos, eles se juntaram aos demais. Mais ou menos velhos companheiros, um tanto familiares. E viram que estavam transformados. Uns conversavam, uns cantavam, uns riam e sorriam, cada um conforme o seu jeito, mas todos estavam no mesmo diverso do comum. Como se irmanados, afins, eles repetissem o seu dia modificado. Havia pelo ar o velho cheiro de metal, esmerilhado nascendo em formas. E uma luz faiscando nova que não se entendia.

O mestre, poucos repararam, dizia palavras cantarolando.

O engenheiro, que era moço, entrou, olhou, e ficou em silêncio. Ninguém soube se foi sim ou não, quando ele balançou a cabeça e saiu.

O dia cresceu, chegou ao meio. Os três nem perceberam as horas se desbastando, aceradas, até o almoço depois das peças prontas na bancada cheia. Eles estavam falando, cantando, rindo. Como todos.

No refeitório, a mesma e multiplicada agitação do metrô, do trem, do ônibus. Comendo e cantarolando, comendo e rindo, comendo e falando, era um geral de feira, de gente, se avolumando sobre os macacões, as marmitas, os pratos feitos, as superfícies de fórmica e bandejas metálicas. Pouco a pouco eles perceberam. E se alegraram, e comeram com vontade. Seu feijão, seu arroz, sua carne de segunda, os enganatórios decorativos de uma pobre verdura. E beberam água, e tomaram café novamente. E acenderam cigarros. Falando, cantando, rindo, saíram em direção ao pátio. Foram procurar uma sombra. Sentaram-se na calçada, entre blocos de construções que davam para a avenida.

Manuel, cantarolando, estava feliz. Se o chamassem, sem ao menos explicar o que devia fazer, ali pronto e disposto. Um homem é para outro.

Francisco rindo, a intervalos. De quê, ou por quê, não tinha necessidade de compreensão. Quem vive triste se anima até com desgraça dos outros.

Geraldo, a falar e repetir, querendo ver. Uma saída, um fim para chegar. O que procura acha, entende, se guia. Não é mesmo?

Então o dia foi sacudido por uma gargalhada enorme, sonora, que se desdobrou cobrindo tudo, os prédios, o portão, o pátio, e ficou vibrando no ar, em ondas ecoando, era um som de força desmedida, como se feito de muitos risos reunidos, não ao acaso, mas precisamente os que reprimidos se soltavam e livres convergiam para a mesma direção, resultavam nessa imensa euforia ampliada.

Francisco se levantou, olhando para cima. Ouvindo, sentindo o seu riso naquele riso total, reconhecendo-se. Ele estava acima de tudo, voando sobre a fábrica, o bairro, a cidade. Sua gargalhada correndo pelo céu, cobrindo os trens, as casas, chegando até Luísa. Como chegara ela até ele, ali agora, podia muito bem escutar o seu riso no meio dos outros, apesar daquele trovão a brincar estourado. Vai chover. Vai chover o quê, meu Deus? Seja o que for, eu estou no meio dessa trovoada, e não me molho sozinho. Que venha, não é, Luísa? E venha logo, porque eu já não agüento mais. Olhe minhas mãos suadas, ouça meu coração batendo desse jeito, sinta minha testa pegando fogo. Vou rir até rebentar. Mas seja o que for, que venha logo.

– Eu sempre fui tão triste.

A gargalhada ia-se acabando, como se alguém girasse o botão de volume e aos poucos a fechasse apagada, quando em seu lugar surgiu, crescendo e marcial, a melodia que tantos cantarolavam, só que agora encorpada, com harmonia, arranjo para banda, um hino triunfante a desfilar, arregimentar, comover, mover, cadenciado passando, chegando, vindo da rua, avenida, seguindo, a música e o seu cortejo de meninos, de homens e mulheres, de povo nas suas roupas de semana, uma parada sua, sem data nem hora, acontecendo porque muitos, a maioria, adivinhara melodia e compasso, sem regente ou baliza marcara tom e ritmo, explodira naquela marcha coletiva retumbando.

Manuel se ergueu, quase perfilado. E acompanhou cantarolando a sua música tornada canto. Pronto, a postos, perto do que viesse a acontecer. Não se lembrou de Alice, de ninguém. Ele convocado. Não calmo, mas decidido. Cantando a canção.

– Eu sempre fui tão sério.

Os compassos baixaram, se extinguindo, e deram lugar a uma voz profunda, ao mesmo tempo limpa e afirmativa, que martelava os ouvidos enquanto aportava ao sentimento, dizia do diário, apontava as metas de alcançar, não voz de microfone, rádio ou tv, mas de alto-falante, desses de rua, tinha um enorme poder que não se diluía nas entonações amigáveis, alguém de muito conhecido conversando com você, dos seus problemas, dos seus rumos, como um deus que dirigindo aguardasse, apenas quisesse chegar aos mais lúcidos ou compassivos, e na severa escolha alcançasse a todos o seu discurso particular.

Geraldo se pôs de pé. Talvez para compreender melhor, já que as palavras eram dele. Precisava somente arrumá-las, encontrar a razão que apenas sentia, formar um todo capaz de orientá-lo. E ouvia querendo entender. E se apressava no juntar as frases. E baralhado se confundia. Alguma coisa estava acontecendo, vindo, só que ele

não saberia dizer. Haveria tempo? Tempo suficiente para falar, debater, afinal concluir? Não estava certo ir desse jeito, assim, não dizendo nem sabendo, tinha medo. Por ele, por Marta. O seu medo de errar. De não acertar porque em silêncio, sempre, e no entanto querendo falar.
– Eu sempre fui tão calado.
Voltou a gargalhada. Voltou a música. A voz se misturou à melodia, ao riso, formando um grande tumulto nos céus. Que desceu para a cidade, porque subia das ruas. E tudo se confundiu num só bloco de sons, harmoniosamente desesperados.

Manuel, Francisco e Geraldo não se distinguiram, porque eram partes de um só mistério. Quando chegaram ao portão, nem viram que estavam por último. Não perceberam. Cada um deles, falando, rindo, cantando, seguia sua própria raiz. Ao se afundar nela, um homem retorna e nasce. Outra vez.

TRIVIAL VARIADO

Ingredientes: Um menino de seis a oito anos, mal desperto e ingênuo, feito esses patos chineses engordados no escuro, de preferência com olhos pretos, que lembram azeitonas, ou mais para o castanho-claro, como avelãs. Farinha, ovos, leite, manteiga (nunca margarina). Suas visões, que interrogam o futuro, sempre confusas e estremunhadas. Creme de milho, coco ralado. Medos, tremores, fechados e na porção exata, nada além do quintal, da calçada, dos vazios da rua. Raspas de rapadura, sons, açúcar, silêncios, baunilha, sorrisos, canela. Um pouco de cravo, do aromático, do que enfeita e do que fere. Uma claridade geral, aqui e ali alguma sombra, os primeiros retratos para serem vistos muito depois. Um punhado à escolha, de qualquer material, acre, turvo, farinhento, antes o punho. Sal, pimenta, vinagre. E o fermento, que faz crescer.
Utensílios: Uma fôrma tamanho família, untada o bastante, mas também rígida, que não trinque ao passar do forno para o congelador. Um tabuleiro onde caibam pelo menos três cidades, e os seus climas, do calor forte às madrugadas frias, transitando pela brisa branda. Xícaras, das grandes e pequenas, copos. Brinquedos (madeira e chumbo, não plástico), livros coloridos, pequenos guardados que irão mudando, o pião em isqueiro, bola de

gude em anel, conchas de mar e pessoas, postais. Um liquidificador, onde isso tudo possa transformar-se misturado. O sólido, o líquido, o impalpável. Um coador, para que não restem resíduos. A farda colegial, o cobertor e o travesseiro, cintos, sapatos, cadernos, essa pasta com cheiros e cores. Uma colher de pau. Que bata, que mexa, remexa, tenha resistência para ir vencendo, vagarosa, sem se enredar nas fibras e veias, nos cabelos e nervos. Uma larga, longa superfície suspensa, em cima o time de botão, suas traves, palhetas, tudo imóvel. Faca afiada, com ponta.

Modo de Preparar: Misture a farinha, os ovos, o leite e a manteiga, nas quantidades que puder, batendo bem no liquidificador. Ponha na fôrma, junto com o menino, e acrescente à vontade o açúcar, a baunilha, o fermento. Deixe em banho-maria o maior tempo que for possível, uns dez anos, mais ou menos. Sempre observando, mexendo, tomando cuidado para não desandar. Nesse período cabem o estudo, o trabalho, os amores iniciais, um difuso aprendizado que pode ser difícil, ou doloroso, marcar ou não, mas que felizmente é o prazo fixo. Então, tire a fôrma do fogo baixo e veja o primeiro resultado. Se o rapaz estiver muito doce, ou muito ácido, melhore o paladar com sal e vinagre, ou rapadura e canela. Caso ele dê mostras de calado, começo de sonho ou tristeza, mais vale dizer devaneio, conforme-o de novo no formato que lhe convier. Ao contrário, havendo aumentado demais, saindo da fôrma, corte com a faca as suas aparas, ajeitando-o ao recipiente, pois não deve nunca exceder os seus limites. Veja o ponto, espetando-o com um palito. É possível que saia uma lágrima, e então chegou a hora de levá-lo à geladeira, melhor ainda ao congelador. Mas se sangrar, tenha cautela, faça exatamente o inverso: coloque-o no forno. A gente não sabe direito o que vai acontecer, nessa fase preparatória. Carreira, empresa, destinação. Enquanto espera, seja que endureça ou toste, prepare o tabuleiro com polvilho, peneirando lentamente, já que você tem tempo, coisa de três a cinco anos. Quem sabe ocorrerá um desvio, ou falha, ou mudança? Depois alinhe de lado o rolo, a colher de pau e a faca. Entre as duas operações, vá olhando sempre o forno ou o refrigerador, cuidando para que nada estrague o seu trabalho. Um homem leva dias, meses, anos, o que se chama existência. Uma refeição nunca o fraciona, simples trecho de caminho não balizado. Quando tudo estiver pronto, tire a fôrma e desenforme a pessoa, junto com o molho, deitando-a no tabuleiro. Então pegue o rolo e amasse fortemente, passando-o para lá, para cá, até ela ficar aplastrada. Em alguns casos, se a massa resiste e não amacia o suficiente, é preciso sovar, malhar, de novo utilizar o rolo comprimindo bem; em outros, pique, faça tiras, separe pequenas bolas, finas fatias, para só aí, estando a massa esquartejada, passar o rolo por cima dela, sempre com força. A essa altura, o homem suporta fácil e desenvolto. Apagou desejos, esperanças, até necessidades. Mais uma vez, despeje-o na fôrma, ele e a sua calda, levando-os ao fogão e ao refrigerador, alternadamente. Vá aumentando a temperatura de um e de outro, indo do calor ao frio, para aquecer, assar, torrar, e sempre intercalando esfriar, gelar, congelar. Não é necessário mexer, nem derramar, porque o molho não escorre, já se fez sólido e prendeu o homem. Ele pôs de lado a casa de Itanhaém, o sítio de Gramado, a fazendola de Minador do Negrão. Praia, montanha, chapadão, tudo cessou desfeito em projetos. Deixe-o então assim, até ficar na temperatura ambiente. Reagindo e aceitando, com rompantes mas serenando amolecido, pouco a pouco se acalmando, e consentindo, e afinal abrandado. Os sonhos, principalmente os que perderam o sentido, tomaram o lugar das visões. O jovem prevê, ainda que tumultuado; o homem aquieta sua aspiração naqueles instantes que precedem o despertar, cota de irreal chegando ao mundo em volta; o velho sonha porque pode, simples exercício, nada mais inócuo ou disperso que o retrospecto sem objetivo. Que pode um sonho contra a sua verdade? Se as indicações forem seguidas, a média de tempo é de sessenta e um anos. Passados com um todo, apesar das suas muitas parcelas. Atente na receita, mas invente, dê asas à imaginação. Haverá alterações no resultado, quase imperceptíveis. Mas o prato, o homem a oferecer, continuará sempre igual.

Como Servir: Meça a pessoa, estendendo-a de costas e ao comprido, com as mãos sobre o peito, as pernas juntas, perfeitamente imóvel. Pincele no seu rosto cores mais vivas, prenda-lhe o queixo, coloque algodão nas narinas. Que se esqueça do mar e da serra, não diga nem sinta os seus odores. Salpique sobre ela um pouco d'água, benta ou não, pétalas de rosa, sempre a seu gosto. Ainda segundo o seu desejo, pode cortá-la em pedaços, o que não será demais ou imprevisto, já que veio se dividindo, em metade, em derivados, miúdos brotos que tendem a crescer e repeti-la. Improvise à vontade. Cubra, engavete, incinere. E não se esqueça de enfeitar, pois é importante. Quem não fez, não pôde, gosta de parecer. Foi assim com ele, não foi? Antes que se desfaça, vista-o de alguma coisa severa e digna: panos, pratas, madeira. A seco, nada de gelatinas. Essa refeição deve ser feita com estilo e decoro, à luz de velas, em meio ao silêncio que apura o paladar. Isso o ideal. Em todo o caso, fique dentro das suas possibilidades. Um jantar de cerimônia requer requintes, um almoço em família apenas o desvelo de afeto, uma refeição acidental não traz obrigações. Mas viver é custoso, fatigante, uma aventura que inesperada se repete, dia a dia, no cotidiano de feijão ou em cardápio mais fino. Relaxe, pois esse não é um prato que você decida. Pode no máximo seguir as instruções.

Acompanhamentos: Para a entrada, não são necessários tantos vagares, basta um caldo leve. Despejado ao acaso, nos pratos que houver. Ninguém prestará atenção, dirá coisas convencionais ou não dirá nada, frases feitas, sentido sossego, todos irão assim recolhidos até a sobremesa. Reparando em você, na sua família, as homenagens são suas e não dos convidados. Antigamente eram comuns as expansões, hoje se usa mais o discreto e contido. De passagem, lembre-se do pão, só como lembrança. E também não se importe com o que vier depois, os amigos estarão muito apressados ou muito lentos. Um sorvete, um doce, um bolo. Sempre recordam os primeiros tempos, que podem estar próximos, distantes, depende das circunstâncias, mas ficam bem. Como um quindim, um sonho. Os sonhos talvez sejam o mais indicado, porque de acordo, já que ele gostava e repetia, mesmo sem conseguir satisfazer-se. De qualquer modo, concentre-se no principal e deixe o secundário, o que servir antes, a sobremesa, não são coisas de fazer tanta diferença. Vale mais pensar em como se fazem, porque os modos variam e dizem dos cuidados na receita. Ou o resultado não importa? Afinal, você receberá os elogios. E viver dá algum trabalho.

Coquetéis: Aguardente, cachaça, pinga. Com cerveja. Ou uísque e martíni, com vinho. Depois do café, conhaque ou licor. É conforme o cenário. Como a toalha de xadrez ou de linho, o jogo americano. Tradicionalmente, a bebida se recomenda. O vinho, que seria a melhor sugestão, por fraternal e demorado. O café, indispensável. Às vezes, depois de servido, alguém mais íntimo pede a palavra e fala do seu momento. Ouça, procure entender e guardar. As palavras ecoam, vibrando, particularmente as substantivas. E assim os discursos são permitidos, ainda que você já saiba o que irão dizer. Prepare-se para eles, sempre de louvor, agradecidos, apesar das variações de tom. Há os que se calam, os que formam grupos de voz baixa. Aceite-os. Os taciturnos se escondem, mas têm que vir à tona. E não são seus convidados? Se desejarem música, use com parcimônia e escolha a que achar mais apropriada, de preferência as notas imprecisas, chuvosas, vagamente vacilantes ou descritivas, um nada sobre o som de fundo. Quando a fumaça dos cigarros incomodar, aproveite os olhos vermelhos. Temos tão pouca liberdade. Sirva com vagar, demorando o mais que puder, um dia, uma noite, nunca menos. Dirija, se desvele, desdobre. O máximo possível, não termine logo a sua refeição. Dona-de-casa, rainha do lar. Bebendo, falando, cumprindo. Na mesa não se envelhece.

Lembrete: As regras da etiqueta são mutáveis. Admita desculpas em telegramas, cartões, mesmo cartas atrasadas. Tolere principalmente as ausências. Não querem dizer nada, ou são motivos que nos escapam. Há pessoas que não suportam nem a idéia desse prato.

UM GUARANÁ PARA O GENERAL
Para Laís de Castro

Ele parou de trabalhar quase uma hora depois do expediente. Mas ainda animado e disposto, inquieto, com a sua cota de energia a gastar. Aquilo de achar-se disponível ao fim de um dia inteiro aumentou a sensação agradável, a determinação que por ociosa não estava perdida. Era como se fosse novo. Bateu gavetas, vestiu o paletó, apagou as luzes. E foi para o pátio, onde o seu carro esperava sozinho. Ficou um instante embaixo da árvore respirando o cheiro das folhas, olhando o trânsito pela avenida, até que o vigia lhe abrisse o portão. Uma fase calma, sem correrias nem tensões, o que estraga a vida são os problemas. Sorriu no escuro, meio feliz.

Dentro do automóvel, ligando motor, faróis e rádio, entrou de repente num mundo automático, em que os rumores da noite perderam volume para a voz oficial. Noticiário, o som empostado. Confortável, ouviu fragmentos de nomes, atos, declarações. Um fundo impessoal, uma coisa distante ali na volta para casa. Acompanhando as filas de carros, os rostos que avançavam ou se atrasavam passando, também remotos e tão perto. Deixou-se levar ao sabor dos sinais, dos guardas, parando, seguindo, ordenado feito um tolo, um elo, aquilo corrente sobre o asfalto, a fumaça, o acre porejar do calor não de todo arrefecido, seus odores de cidade grande. E no entanto ele fluía, calmamente.

    Ao dobrar da esquina, o fluxo estacionado findou. Acendeu um cigarro. Então prestou atenção no rádio, era algum discurso, reparou o trecho de ameaças. Achou primeiro engraçado, a seguir ofensivo, depois o normal. Estirou as pernas. Antes, bem antes, vivia lendo jornais, discutindo, interessado. Pouco a pouco esfriara, se desligando. Ultimamente, um tanto sobre o abstêmio, a política sempre lhe parecia subalterna, acarneirada, não era de só andar pelos caminhos permitidos. Não era? Hoje, no almoço com os sócios, amigável conciliara opiniões, evitara confrontos, engolira os velhos rompantes. Ou será que já não tinha mais? O pior de tudo, quem sabe, talvez fosse a mistura dos seus tempos. Quando jovem, queria falar e encontrava reação, nunca o deixavam; agora, que o incentivavam cobrando, perdera a vontade. Ainda o permitido?

    A fila arrancou, venceu depressa um quarteirão, outro. E se imobilizou. Ele girou a vista para o lado, distraído, e encontrou o chevette emparelhado, a loura freando. Ela o olhou, firme, demorada, a encará-lo como se todo o seu corpo se projetasse, nervoso, indócil, querendo avançar apesar de amarrado, voltando, ela num longo minuto a fitá-lo. Deviou os olhos e mirou o pára-brisa, acanhado, submisso, com raiva. Quebra-de-braço? Obrigado, mas não, isso é homenagem. Meticuloso e ciente, foi tirando as roupas dela, abrindo-a, virando-a, verso e reverso, frente e perfil, ângulos que só a experiência revela. Vingado, a sério. Machamente. O sinal abriu, os dois se perderam guiados por cintilantes brilhos verdes. Um atrás do outro, cada um, encachorrados. Perfeitamente citadinos e naturais.

Dez minutos adiante, um avião lançou no céu enevoado os seus holofotes de descer. Ele, rodando lentamente, viu o piloto na rota e os passageiros aguardando, sem fumar, e sentiu-se um sobrevivente seguramente no chão. Boa aterrisagem. Por mim, só viajo mês que vem. E o locutor, justo agora, diz: o presidente vai falar. Vai mesmo, e ele fala, e sobre o quê? A reforma judiciária. Ora, ouvir reformas, general! Logo judiciárias, meu velho. Que é que você entende disso? Sorriu, achando graça, quis mudar a estação mas se lembrou de que estava no horário igual, todas a mesma coisa. Deixou lá, desouvindo. O largo cheio de povo abriu-se em frente, com filas, pedestres, anúncios luminosos. Pensou que também a noite é viva. Há muitos que não dormem, ou chegam tarde, estão sempre acordados.

Rua de árvores, casas ocultas por trás de jardins. A sua, com portão aberto, foi entrando lateral. Lâmpadas apagadas. Só então se lembrou de que a mulher saíra, tinha avisado, ela e a filha num aniversário. O menino viria mais tarde, sempre vinha. Entrou se sentindo bem e solitário.

Banho quente, roupa limpa. Desceu para um uísque com gelo. A empregada perguntou se jantaria logo, respondeu que não, depois comeria qualquer coisa. Pôs um disco na vitrola, esperou a música de copo na mão. Ela veio, um pouco antiga, e no entanto acentuada, ativa, revigorante. Bebeu um gole demorado, que absorveu de corpo inteiro. Estava bem, muito bem. Por que será que um bom negócio, em cima dos lucros normais, me deixa assim tão eufórico? Dava uma certa vergonha. Habituara-se a viver com mais do que precisava, a não importar-se, pricipalmente a se dispersar por coisas não materiais. Trabalhar a meio pau. Ter o conhecimento disso. Era assim, um homem dividido, ganhando sem fazer muita força.

Então por que apegar-se tanto? Bebeu de novo, não devia ser assim, o quê? Um estrangeiro, um turista. Mas afinal, quem despreza isso de dormir tranqüilo, hoje e amanhã também? Sorriu do seu pequeno lance culposo. Seria um prurido de religião, ou seria consciência social? Ainda? Bebeu mais, sorriu outra vez. E sentou-se apaziguado.

Ao lado, a mesinha com revistas. Pegou uma, revista masculina de mulheres, eram lindas e nuas, nem viu a parte de texto que sabia interessante. Folheou a ruiva, a loura, a negra. E teve pensamentos fugidios, lembranças parciais, uma nostalgia de senzalas que nunca, ele vagamente civilizado e atento. Soltou a revista como se recusasse um convite, vamos adiar é depois. Pegou outra, essa geral e política, a reforma judiciária na capa. Que é que eu tenho com isso? – reagiu bacharel primário, sem chegar a advogado, nem assinara um *habeas corpus*. Mas leu, desatento mas leu, para concluir a mesma tontice nacional. Estamos num período de loucura mansa, abobada, ninguém mata nem esfola, só desconversa e rouba, só ri. Aquele seu colega de turma, desviado em deputado, apesar de governista criticara o projeto, e com bom senso, uma droga, claramente a mixórdia. Pois não tivera a coragem nem de chamar atenção para ele, defendê-lo junto ao filho, o rapaz andava muito do contra. Lembrou uma comemoração de vinte e cinco anos, o jantar que não pôde ou não quis, que é que eu tenho a ver? E eram os seus companheiros de mocidade. Envelhecidos, desfigurados, sem dúvida aderentes. Por que se arriscar na ponte-aérea? Está muito bom este uísque, só faltam mais gelo e mais uísque.

Levantou-se, ajustou o copo ao seu gosto. E se encaminhou para a estante, olhou à toa os livros alinhados, ainda havia muito o que ler. Preciso tirar férias. Este romance francês que o amigo trouxera de Paris (já tinham feito um filme); esse histórico, dos Bórgias, certamente didático, vivemos uma época de perigos mas pouco sutis; aquele outro, para reler, com uma apagada dedicatória sobre Stendhal, o ópio dos lúcidos. Sim, nós precisamos. E ainda que pequenos, meramente sul-americanos, a pauta dos Bórgias não seria má. Pelo jeito, nunca chegaremos a Maquiavel. O clima, entretanto, com boa vontade está por aí. Fechemos os olhos às delicadezas. E liguemos a televisão, vamos ver o homem. Nosso presidente. Velho, bronco, mas o mandatário. Aqui estou eu, criticamente. Não se pode dizer que recusando e anafilático.

Foi para a outra sala, acendeu a luz e abriu a janela, ligou a televisão. Antes que a imagem viesse, teve a sensação de que sua vida corria ajustada e plana. Rotineira, sem picos. Como os restos da novela que invadiu a sala, muito sobre a certinha e previsível. Deixou o som baixo, foi apanhar os cigarros, ainda ia demorar um pouco.

Por que esse interesse repentino? Fazia tempo que não lia jornal, no máximo uma passada ligeira pelos títulos, o suficiente de informação para suportar conversa mais demorada. Em que se mostrava sempre distanciado, cético, um observador aquém e no entanto ali, pronto a sorrir desconversando. Não acreditava. Sim, meu caro, há os que acreditam e os que não acreditam, só essas duas espécies de homens. E eu não creio em milagre, econômico, social ou político. Apesar de achar muito boa, para nós, a palavra milagre.

– A situação está encardida.

O colega dissera, no meio de uma reunião. Também achara muito boa a maneira de dizer. As pessoas, as cidades, o país inteiro havia encardido, tudo se embaçara de pó e sujo e usado nas pobres cores nacionais. Ou não somos de uma varzeana terceira divisão?

Ouviu, fumando e bebendo, o fim musical da novela.

Ouviu a seguir, com essa mesma cristalina clareza de som vindo para o silêncio da gente, uma série de comerciais. Sabão, cigarro, xampu, cerveja, torneira, caderneta de poupança. Todos imperativos, ainda que no feitio de convite. Lavemos, fumemos, lavemos, bebamos, lavemos, poupemos. Há muita coisa a lavar, e precisamos fumar e beber, mesmo sem chegarmos a economizar. Com que roupa? Recordou, sentindo-se antigo. E então, por sobre os anúncios, subiram os acordes de um dobrado. Ó essa nossa vocação de banda, o solene trocado pelo militar, mas repinicado em pratos, pífanos, e rombudo no bombo. Levantou-se, o presidente ia aparecer. Ainda pensou que numa linha bem nacional, sem aquelas importações de sabão em pó ou cigarros suaves, antes o circense mambembe. Pelo menos não pagamos royalties.

Chegou a tempo de pegar o começo. Pousando copo e maço de cigarros na mesinha, sentando-se e cruzando as pernas, viu o rosto com as armas da República. E um velho diante dos microfones. Ele tem um jeito asseado, como se o houvessem lavado e penteado, dado o nó da gravata, é arrumadinho e mesmo em pé dá a impressão de sentado, deixado pronto, para o dia de visita dos parentes ao asilo. Simpático, o velho. Mas não a sua voz. Parece dura, como se de outro, ou como se o empurrassem para a frente, depois de uma desfeita, e ele fosse dizer da sua indignada raiva, e frustração, não esperava que lhe fizessem isso, tanta incompreensão neste mundo. Está ali contra nós, apenas se contendo. E apesar de tudo é velho, tem o ar sério, parece que sabe o que diz. Uma seriedade anciã, um tom de verdade.

Beba, fique em silêncio e pense nos inocentes que o estão ouvindo. Também esperando, mesmo sem saber. E que terão eles? Um velho paternal, avoengo, mas tomado de cólera na sua ira divina. Deus é o velho que mandou,

não o moço que morreu. Quando a figura venerável se impõe, acima do bem e do mal, podem esperar o sacrifício. Meu povo, estamos em tempo de choro e vacas magras.
Por trás do escudo republicano, o lampejo dos óculos. Relâmpago, brilhando, de aço. Nós fizemos tudo, ouvimos todos, esperávamos a concordância geral. Mas não, recusaram a nova lei. Negaram ao governo o instrumento que precisávamos. Nós que o aperfeiçoamos em mais de um ano, que agora o sabemos irretocável, a indispensável e desejada reforma. As mãos do velho tremiam no papel.
Onde estão os que recusaram, quem são os capazes de negar? Longe daqui, dispersos, e no entanto mais ou menos votados. Eu, por mim, não desejaria estar na pele deles, após semelhante prefácio. Mais gelo no copo, esfriemos o súbito calor. Afastando o sabor de ameaça. Ouçamos, disciplinadamente, o que o homem tem a dizer. Ou anunciar, meu aguardado profeta locutor.
Duas frases, retóricas, e quando sobre os ecos ritmados ia continuar, o general arrotou. Sonora e longamente, pois não um, mas sucessão. Vários arrotos, em seqüência, como se um desarranjo o tomasse, incontrolável, coisa de urgentes necessidades irrompendo e se estirando. Pausa lá, vergonha cá. Não se interrompe um discurso assim, por pior que seja, desse jeito indigno.
Lamento, lastimo, que horror. E procuro não ver, pensando nas coisas de curso comum, por exemplo a ecologia (viva o verde), ou meio mágicas (o poder psíquico das pirâmides), ou ainda no estilo de estréia (show de homenagem a Carmem Miranda e Marilyn Monroe). Tento ignorar, olhe eu disfarçando. O homem é falível, tem os seus achaques, nem sempre está à altura do momento. Se isso acontece, fico solidário. Mesmo sem concordar, às

vezes até odiando, como agora. Segure-se, meu general. Salvemos as baleias.

O presidente se recompôs e continuou, impávido colosso, bonito de assistir, dava orgulho a sua disciplina. Cem metros em menos de dez segundos, saindo mal, pisando em falso, e tudo isso com aquela idade. De fato não tinha alternativa. Era preciso manter o princípio da autoridade, a lei necessária, mais que isso imperiosa a reforma monetária, um reclamo dos interesses nacionais. Viria, doesse a quem doesse. Uma pausa. De expectativa, suspense, limiar de um grande acontecimento. Solenidade insuportável. Para adormecer os nervos por um fio, bebe-se. Mesmo sem perceber.

Então o general, em vez de falar, vomitou. Grossa e frouxamente. Vomitou como quem se solta aliviado, o estômago fraco recusando, expelindo uma carga fermentada e avulsa, um corpo estranho abandonando o outro. Deu para sentir o suor dele, o odor da matéria libertada. E num vago instante, quem sabe fino impalpável, a repulsão pelo que ia dizer. Ainda que brigando com a sua decisão inicial, uma recusa diante do resolvido. O vômito estancou.

E mesmo que sem fôlego, e mesmo arfando pausado, ele disse ao que viera. O Parlamento entrava em recesso, estava fechado. Nesse entreato, enquanto os deputados e senadores voltassem às suas bases, o projeto da reforma alfandegária seria sancionado, a lei e a ordem garantidas, o país continuaria igual. Como se.

Falou em Parlamento? Quem tem Parlamento? Me dê um, meu cigarro acabou. Gosto muito dessa linguagem elegante, parece inglês traduzido, fica distinto. Apesar da apoteose mental. De confundir o desejo com a realidade, querer parecer o que nunca fomos nem somos, quem pode dizer chegaremos um dia. Parlamento, pois sim. Abre,

fecha, abre, fecha, perna de pato, perna de pinto, entrou por uma, saiu por outra, que país é esse? Sessenta e quatro mil dólares para quem responder, uma passagem de ida e volta pela Air France para Paris, um fim-de-semana com Miss Universo na aprazível cidade de Teresina. Roda, roda. Mande sua resposta em três vias, datilografada com espaço duplo, assine um pseudônimo e se identifique num envelope anexo. Quem vai responder?
Um bebe, outro fala. O presidente e seu público. O auditório está composto, em frente à televisão, como convém. O mandatário está desfeito, apesar de locutor e apresentador, remonta aos velhos programas de improviso, chanchadas. Passa o lenço na boca, pigarreia. Faz tudo para afastar, ou limpar, o vômito, natural se desdobra tentando agradar. Agora procura isso. O velhinho do asilo, modelo inaugural, desfez-se nos quadros do programa, imitações, perguntas e respostas, dança, canto com estribilho. Quem quer um polichinelo na sala de visitas?
Ele consegue falar. Tropeça, volteia, mas as palavras trazem um som além de si mesmas, aquele enfiar de contas cantantes, pampeiras, ó essa aragem oficial de tantos anos. Hora do noticiário de agência nacional radiofônica e televiseira. Cinco, dez, vinte, quarenta anos, sempre igual, o sotaque a rédea e espora, crescemos à sombra disso, com sorriso ou cara feia, moços e velhos crescemos assim, e de repente somos homens, e maduros, e o que é que vamos dizer? Não, não dizemos nada, eles é que dizem, nós ouvimos, e pronto, ou não, mas eles continuam. E nós?
Repare, ele acredita. É uma vantagem, também uma limitação, mas deixe pra lá, ele acredita e isso importa, existem outros, muitos, a maioria, que precisam acreditar. Na segurança da família (esqueça os assaltos), do país (esqueça a dependência), na importância da força que

mantém (esqueça a relação com as demais). Já pensou no quanto ele esquece?

Vai-se recompondo, já vira as páginas com segurança, não espera chegar à folha seguinte para terminar a palavra. E no seu controle, as frases voltam à cadência martelada que é de mau agouro. Que é que falta mais?

O que está faltando por aí, de norte a sul, senão alguma coisa em que se agarrar? Uma esperança, uma certeza. Ainda que se equilibrando, isso, uma esperança equilibrista. Daí essa convicção ou crença no que diz, esse ar quase religioso e iluminado e distendido em sua desarrumada pregação, denúncia arregalada, crime e castigo. Morte aos dentistas. Cuidado, os cavalos dormem de pé. Rendam-se, terráqueos. Os perigos, as advertências, a luta renhida. Melhor que apontar erros, soluções, sem dar garantia de resultados. Qual o mais aceitável, quando se deseja não pensar?

Então o presidente interrompe o discurso arfando, respirando pela boca aberta, visivelmente indisposto, e enfia o dedo no nariz, uma narina, outra, escarafuchando, palitando, como se quisesse desobstruir e aliviado respirar.

O homem diante da televisão continuou esperando, reforçando o seu uísque e bebendo, sem nenhuma apreensão, sem desconforto ou pena, pois já suspeitara que o general se atrapalhava antes de cada momento difícil, aquilo simples reação a indicar um trecho pior.

Que veio, um tanto sobre o óbvio, mas que insistência! Pela boca do velho as frases jorravam, agora no formato das histórias em quadrinhos: saíam e paravam no ar, iguais umas às outras, com o feitio de clichês. Antigas, sabidas, repetidas. A doutrina da segurança nacional. Menos teoria, mais fatos, por que perder tempo no desenho tão cansativo? Já aprendemos, sabemos essa lição de cor e salteada. Podemos beber tranqüilos, nos encharcar de uísque, deixar a imaginação vencer as nossas lembranças, pois nada acontecerá, estaremos a salvo, ele e os outros velam por nós. E no entanto Marina casou. Marina casou, e agora?

Quis mais gelo no copo, não havia mais. Pegou o balde, levantou-se, andou até a copa sentindo-se um pouco trôpego, um tanto leve, seu corpo meio desgovernado. Teve uma enorme vontade de rir. Dele ou do velho? De si mesmo, certamente. Ó essa reforma alfandegária! Deus esteve aqui (será que esteve?), hei de vencer (mesmo sendo professor), não passe dos 80 (todos passam). Derramou na pia a água do balde, encheu-o com os cubos de gelo que arrancou da fôrma, voltou para a sala. Ao chegar, o presidente continuava. Mas fez uma pausa e tirou a dentadura.

O telespectador olhou-o, sentou-se, botou gelo no copo, serviu-se do uísque e bebeu. Então olhou-o de novo, ele estava lá, com a dentadura na mão e falando. Sobre a subversão, o seu perigo permanente, a insidiosa razão de tudo. De boca murcha, o velho sibilava. O telespectador imaginou uma cobra vermelha, se arrastando pelo tapete na sua direção, querendo envenená-lo. Mas a bicha deu meia volta, volveu, foi empalar o deputado que ele tinha eleito. Pois o velho fechava, sim, tinha de fechar Câmara e Senado, pois só assim poderia votar as reformas, segurando a dentadura recitou pausado e cantante as rimas decoradas, a judiciária, a monetária, a partidária, a alfandegária, pois todas as reformas eram exigidas pelo povo. O telespectador teve a sensação de quem viver verá, não sabia o quê. Aí o presidente acabou a sua fala, pôs de novo a dentadura na boca e soou um dobrado marcial.

O homem bebeu mais. Entorpecido, sem muito gosto. Quis oferecer um uísque ao presidente, merecia, os dois fariam um brinde. A quê? Às reformas, está claro. Mas com certeza ele não bebia. Severo, austero, incapaz de embebedar-se. Podia trazer um guaraná. Isso mesmo, um uísque aqui, um guaraná ali, pelo jeito eu sou cosmopolita, nacionalista é o senhor. Salta um guaraná, um guaraná para o general. E brindemos. Ao futuro, meu velho, que você não verá.

Bebeu ainda, enquanto no aparelho de TV passavam um comercial branco de lavar, outro verde de cigarro mentolado, um terceiro dourado de banco. Teve preguiça de levantar-se e desligar aquilo. Estirou as pernas, já relaxado, e dormiu.

PAISAGEM COM MENINO

A Clovis Marcello de Sá e Benevides

Revejo. O menino catando palavras no terreiro da infância, ele e seu olhar pelo mundo, quintal de árvores, renque dos pés-de-milho com pendões, cerca do galinheiro o limite de tudo. No silêncio de sol, de sozinho, os sons nascendo por dentro. Via e chamava, aquilo acolá amarelo um oiti, isso aí galho ou ramo de romã, isto é o tronco de raízes goiabeira. Sem dizer, só pensando os nomes. E apesar as vozes vindo, se acordando, tecendo os seus ecos. Como o foco filtrado nas folhas rendava pelo chão os retalhos de sombra e luz. Embalados, oscilantes, porque o vento balançava as copas e descia roçando, refrescando, seus dedos suados, seu bafio de bicho. O tanque de limo, sob o telheiro, uma talha para a água de beber. A terra era escura, o ar transparente. Na sua faixa de areia entre dois muros, o menino tinha sensações que buscava nomear: enlevação, fronteira, sussurro. Sem conseguir, perdia-se em coisas próximas. A vida custava a passar.

Vejo. A estampa no cavalete, aula de Português pela manhã. É uma cena colorida, com esse brilho esmaltado que pula e se sobrepõe, atrás a mesa alta do frade, a moldura da lousa, as esbatidas paredes caiadas. O quadro tem um número, em algarismos romanos. E mostra: menino sentado na ponte, patinhos nadando no riacho, cavalo, bois, campo de relva, de flores, de árvores, horizonte e céu. O menino usa meias, camisas de zíper. O cavalo da figura também é muito branco, os bois também são gordos. Malhados como um dos patos, os demais alvinhos, eles contra o fundo de águas claras, de muitos verdes, uma lonjura linda. Fazenda de férias, para se demorar nela dias e dias, olhando. Vivendo o que as estampas traziam (países, povos, paisagens), sonhando os sonhos das figurinhas (aventura, heroísmo). Consumidas, colecionadas. Essa era bela, tal e qual pintura, uma beleza de promessa. Convidava a descobrir. Por isso o exercício de linguagem uma lição leve, de pausa, que passava depressa.

– Escrevam descrevendo – mandou irmão Justo. E acrescentou, como se fosse preciso: – Reparem no desenho. Contem tudo o que estão vendo nele. Podem começar.

Fazia calor, sempre fazia. Apesar das cores fortes, abrindo aquela mancha na parede, a gravura era uma aragem. Mais fresca e funda que a sombra das árvores pela janela.

Tirei a vista do pátio à esquerda, evitei as portas que davam à direita para a capela, tentei me concentrar no quadro. Mas não comecei logo. Talvez porque achasse descrição uma tarefa simples, talvez as dispersas demoras de mim pela sala. Os rostos aplicados dos colegas, o ranger das penas nos cadernos, um jeito de partida que se iniciava. E eu para trás, me afastando dos outros.

Bonita a estampa, fora a primeira impressão. Tanto quanto as de Eucalol, com cheiro de sabonete, que em grossos maços perfumavam nossos bolsos estufados. Mais que as de Futebol, onde Argemiro figurinha fácil, Leônidas era difícil. Outras balas, a Fruna e os artistas de cinema (nunca vimos James Cagney, o número 78), as de Tarzã (havia um Tarzã alfaiate?), as que ofereciam a natureza, montes e lagos (elas o álbum inaugural). Sabíamos. Nós afeitos às séries, às trocas, aos jogos de abafa nas repetidas.

Muito bonita, sim, e de um lugar distante. Esta foi a impressão que veio depois. Um panorama de vegetação e água, frio, farto, tão diferente dos que me apareciam perto. No livro de leitura havia paragens assim, histórias adivinhadas lentamente e que eu imaginava completando: as andorinhas de Campinas, os sinos de Outro Preto, as tecedeiras de Inhanbuti. Onde ficavam tais cidades? O mapa respondia, uma, duas delas, para baixo e longe. Escolhi, aquilo era Campinas. Mesmo sem as andorinhas nos fios dos postes.

– Escreva – ordenou o irmão.

Estremeci com a voz, o vulto preto ali de junto. E obedeci maquinalmente, levando a caneta ao tinteiro, quase borrando o título no alto da página. O menino e os patinhos.

Revi a cartela, reli o que havia escrito. Podia ser tanto o menino e os patinhos como o menino, os patinhos, o cavalo e os bois, ou o menino sentado na ponte, ou ainda o menino e o riacho. Para onde é que ele olhava? Para os patinhos, sem dúvida. Mas assim ficava incompleto. Demorei até me decidir, encontrar o caminho inverso: cortei os patinhos e deixei só o menino. Rasguei a página devagar, baixinho, para não chamar atenção.

O menino. Reescrevi, com letra mais firme. E continuei, dando a situação em que ele se encontrava, nesse jeito econômico, picado, alinhavando. Três linhas de informação, minuciosa, enumerada e seca. Decerto eu seguia os planos, ordenava as imagens. No entanto, quando vi o que tinha feito, percebi que faltava cor, alegria, resultara muito diferente da gravura. Não dizia o que ela me sugerira, de maravilhoso, esplêndido. Isso mesmo, estava um lugar igual.

Refazer? Nem pensar, que agora não me restava tempo. O remédio era prosseguir, aproveitando e nos acréscimos, estendendo as minhas vistas. Devo ter sentido isso, mais que pensado. Pois fui em frente abrindo um parágrafo para a camisa de zíper, o tênis com meia, aquelas novidades. Em seguida, abri outro para a pontezinha, que vi de madeira escura, apodrecida, como as pinguelas do vergel. E tornei ao menino, agora numa visão pessoal, espelhada, magro e de cabelos crespos, ali com os patinhos, ali com a camisa de zíper, não apertado na farda cáqui e apressado escrevendo, sujeito à sineta que ia bater. Afinei o cavalo, os bois, dando-lhes os tendões, as ancas angulosas, a modorra de moscas das vacarias de arrabalde. Lembrando isso. Os pés-de-pau viraram oitizeiros, goiabeiras, uma galharia esgarçada passou a ramo de romã. A paisagem perdeu sua identidade original, adquiriu uma nova, quem sabe menos agradável, mais precisa, certamente aproximou-se no real. Ou no que dele me chegava. Somente os patos escaparam a essa apropriação que nervosa se espraiava ganhando a gravura, mantiveram-se patinhos, infantilmente flocos e flutuando em águas claras. A aula terminou com o ponto final.

Já no recreio, jogando ximbra ou batendo figurinha, me tomou a certeza de não ter agido certo. A estampa era uma, eu havia escrito outra. Devia estar errado. E o erro, num tempo de rezas, de regras e mandamentos, religiosamente era o avesso do direito. Que direito me cabia de inventar uma gravura, de passar a mão na paisagem alheia? A palavra veio, afanar, horrível. Pior ainda porque numa lição de Português.

Aquilo se demorou por três dias, aquele desassossego culposo. Com intervalos, é verdade, eles nos ocupavam muito e a gente se desviava, solicitada sem parar, os dois horários de aula, de banca, os trabalhos de casa. Mas durante as orações, cada vez que entrava em classe, ou entoando o terço do fim-do-dia, a preocupação voltava.

Aumentava nas aulas de irmão Justo. Feita espera, feita medo. A nota ia ser ruim. E além dela, baixando a média, a vergonha da má ação.

Tudo aconteceu de repente e sem sentido. O frade subiu no estrado arrebanhando a saia, pegou a saia, pegou a pasta, principiou a dar as notas do último exercício. À medida que ele ia falando, e se aproximando de mim, o meu rosto ficava mais quente. De encarnado, eu estava uma baeta. Até que enfim disse nome, nota: a maior. Não acreditei e todavia fui relaxando, era engano e apesar disso muito bom, o irmão lera errado e-mas-porém eu estava salvo. Zonzo, atravessei meia hora na dúvida. Como é que pode, quem sabe o que professor resolve, sim ou não. Verbos em desfile, cantados, condicional e subjuntivo. Felizmente não fui chamado, pude tomar coragem: ia ver a nota com o frade. Após a aula.

– O senhor pode repetir minha nota, irmão?
– Você não ouviu?

Eu de ar parado, uma cara transparente. Ele não precisou abrir a pasta. Claro, na sua voz grave, confirmou a nota.

– É? – deixei escapar num rompante admirado.

Sorriu, balançando a cabeça. O rosto magro, de sobrancelhas grossas, de olhos fundos, por um instante perdeu a severidade e ficou mais moço. Achei que ia dizer alguma coisa, pareceu. Mas não falou, continuou sorrindo, ali me olhando. A batina tinha um cheiro de guardado.

– Obrigado – eu disse me afastando da sua carteira.

E comecei a gostar do irmão Justo. Um congregado, confinado, um bocado mais velho, hoje nem tanto, um sulista exilado e suando, sem entender, sensível apesar. Vejo, revejo. Ele o estranho, o emprestado, ele e os seus meninos. Que nem eu agora.

LONGE

Eu fui à missa no colégio porque era mais cedo. Mal terminou e saí da capela, andei apressado sem me incomodar com o suor que veio logo, fininho, amanhecendo, meus pés naquele verão cruzando a cidade. Ia tão de cabeça baixa, tão abestado que nem sei. Furando o domingo e lembrando a conversa de Joca, o sítio dele tinha pra cima de trinta goiabeiras, de todo tamanho, pau por demais, só entrar, escolher e cortar. De mão no bolso eu apalpava o canivete, já vendo a forquilha na minha frente. Lisa, clarinha, perfeita. Um pissilone.
No ponto do bonde acalmei descansando, esfriado, mas a minha ânsia não me deixou. O dia uma claridade só, fortona sem mancha. O povo passando, o passo de passeio. E eu não ligando. Estava querendo mesmo era um estilingue novo, querendo muito, precisado meu deus. As férias se chegando, a viagem marcada, e nela o engenho, um rio de pedras, aquele arvoredo esperando. Os passarinhos lá e eu marombando azuretado, nem ao menos tinha arranjado uma atiradeira que prestasse. Deixando pro fim, como se não fosse importante. Logo eu, que não sabia dessas coisas, não conhecia direito madeira nem balanceio, borracha ou couro decente, ia fazer tudo pela primeira vez. E por ouvir dizer.

Ainda bem que a pontaria era boa, pensei com o vento morno batendo na cara, sufocado que nem gato e olhando casa passar. Levava uma baladeira qualquer, afolosada mesmo, que dava conta do recado. Pensei nisso um minuto só, para então dar arriê: não ia passarinhar de bodoque fuleiro, uma peteca emprestada. Deixava a preguiça de lado, fazia o negócio direitinho, num fôlego. Tinha decidido ou não tinha? Mesmo de última hora, dava tempo. Afinal eu me estreava, e merecia, muito mais do que treinar num galho de quintal, numa cerca, é atirar de verdade em passarinho. De brinquedo e à vera. Botava na mala uma novinha, como devia.

– Vamos ver a peteca – me recebeu Joca no portão, dando o aviso e mandando por nada.

Nem entrei na casa, fui direto pelo oitão, fomos, a caminho do quintal, da vacaria, do maciço de árvores subindo para as bandas do Reginaldo. Andando e conversando, muito sobre o pinicado.

Joca perguntava:
– Quer uma pesadona?
Eu respondia:
– Pra quê?
Ele pulava e decidia:
– Levinha não presta.
Com certeza, eu também achava:
– Quero uma que agüente.
– Que não quebre.
– É, e que tenha molejo.

Falando feito sabendo, tudinho. E Joca, ali de junto, concordando e da minha igualha. Eu tão feliz que sentia o cheiro das plantas, mas durão, as duas sombras andando na frente da gente. A menor disse:

– Capaz de arranjar duas. Mais grossa e mais fina. Assim garante, não é?

Era. Chegamos às goiabeiras, tantas, ali rajadas em bando, todas parecidas, quase iguais, somente na altura se diferençando mas trançadas e de formatura. O chão rendado, as fileiras destacadas lembrando turmas de ginástica. E terra fofa, estriada, feita um bicho de tapete por baixo. Olhamos uma, outra, podíamos escolher mesmo sem subir, pulando e pegando um ramo, vergando a puxar. Coração na garganta, cruzei os braços parado e de mira, sem me decidir. Antecipando mas agoniado, vendo as forquilhas que nem por um buraco de fechadura, grelando, o mesmo baticum de quando espiava Arlinda tomar banho, era.

Joca deu um salto, agarrou um galho e veio com ele:
— Achei! Eu já estava de olho nessa. Repare.

Uma beleza só. Depressa o canivete, separando, livrando, podando, até que ela deixou de estalar e se torcer, ficou ali, palma da mão, a pulsar na seiva esverdeada. Joca não me deu muito tempo, não pude nem amolengar a bicha como queria, naquela vontade de alisar e de apertar. Me chamou logo, afogueado de animação. E comandou em vante:
— Tem outra por ali, tenho certeza.

Enganchei a primeira no cinturão e fomos, de cara pro ar, sol relampeando, galharia esgarçada, sem tento nas folhas, as secas pisadas, as da aragem flutuando, cegos para os lugares onde botávamos os pés, aos tropeços e exclamando feio, somente guiados pelo mapa dos ramos, do seu encontro, o perseguido vê dos veios que vagavam sobre nossas cabeças, procurando até encontrar.
— Eu não disse?

Nem me incomodei com Joca, ele me fazendo de besta com tudo preparado. A nova forquilha era uma coisa: mais branca, mais fina, mais leve. Era nela que eu vinha pensando. Estava se vendo, mesmo antes de pegar.

153

Cortá-la foi um minuto, pronto, e de repente não havia mais nada, o mundo mudado e eu também. O sítio desbotou, o bom das árvores desapareceu, não sobrou nem o silêncio agora cheio dos furos das cigarras. No meio da zoada me acalmei, respirando dentro da cadência normal, não havia Arlinda que tirasse aquele sossego. Esvaziado feito um copo. Só a pressão das duas forquilhas, pontudas e ainda com cheiro, apertando o meu cinto.
— Vou-me embora.
— Já? Fique, seu! Vamos bordejar por aí.
— Eu preciso. Tenho de voltar.
Danei-me pra casa. Cheguei sonso, depois de voltar sem ver bonde nem mar nem coqueiro, sem ver lagoa longe, fui direto aos meus guardados. E comecei, aparando, medindo, revendo e desbastando, a princípio com a mais grossa, aprendendo em seguida com a mais esguia, me esmerando, ansiado mas satisfeito comigo mesmo. Difícil de mão, cheio de dedos, eu me aplicava e dava conta. Chamaram três vezes para o almoço. Comi, voltei, segui naquela batida. Lixando, ajeitando, dando um toque adivinhado que não sabia nem sei. Fim de tarde, hora da ceia, o povo de casa me olhava com jeito de parece doido, e eu nem aí, muito do entregue. Aquilo durou dois dias, para que visse a obra terminada. Antes, e no entremeio, houve o negócio da borracha, que era de pneu e não podia ter frieira, cortada de gilete, retinha, do couro e dos buracos de sovela, o sapateiro ajudou (era preto o couro, eu fazia questão), do barbante que desse nó direito e desaparecido. Queimar a forquilha, depois de envernizar alisando, para que parecesse feita à máquina, do outro mundo, passada pelo fogo e purificada de arestas ou imperfeições. Ficaram lindas, tanto a mais bruta quando a mais ligeira. Artilharia e infantaria, como eu via nas revistas que falavam da guerra. Acabadas, terminadas,

elas precisavam não mais do que a prova final, o quintal esperava o exercício de tiro, os paus da cerca alinhados como alvos. Catei um rol de pedras, maiores, menores, as redondas e as chatas, levei tudo para baixo do sapotizeiro. Procurei no monturo detrás do galinheiro uma lata pequena, era de massa de tomate, e fui colocá-la em cima da estaca mais alta. Contei uns vinte passos, fiz pontaria e atirei. A pedra passou perto, eu vi, mas a latinha ficou. Talvez porque o estilingue fosse o levinho, não o pesado, que devia dar maior firmeza. Por um instante, pensei que o bonito presta é pra ver, ou tem pouco valia, quase nunca funciona direito. Só um minuto. Segui com a mesma baladeira, insistindo, pegando o seu jeito. E acertei, uma, duas, muitas pedradas, atirava ia e vinha, um tal de apanhar e equilibrar a lata encarnada, vê-la cair, voltar, mirar, ouvir o som e repeti-lo e pedra zinindo e a forquilha a borracha a funda no movimento de se retesar e endireitar, vergadas e livres e vôo. Cansei, descansei, experimentei a outra peteca. Logo apanhei o seu feitio, ela segura e dominada. A bem dizer não perdi uma pedra. Esqueci a latinha, escolhia pontos ao acaso e mirava certo, sempre, vendo o lugar atingido com o pozinho que a bala fazia, sua pequena cicatriz. Então, quando acabei a munição, sentei e me deu uma felicidade enorme, eu ali com os meus dois estilingues, um em cada mão. Meus, muito mais, feitos por mim. E perfeitos. A sensação foi demorada, alegria de conta certa, de roupa nova, de pão com manteiga e açúcar, multiplicada por mil, incontável, me inchando o peito, botando nó na garganta, abarcando e marcando aquela tarde. Uma coisa de não se esquecer.

Férias, viagem, o engenho. Enfim. Minha tia foi me buscar no fim da linha do misto, pegamos um carro que rodou por entre os partidos de cana, os verdes todos ganhando o mundo para tudo quanto era lado. A casa no mesmo, as redes na varanda, o rio passando perto aos arrancos e, além dos seus lajedos, a mata com os pés-de-pau onde apareciam ramagens floridas de amarelo. De longe não se ouvia nada, mas eu sabia. Fui dormir pensando nos passarinhos.

    Levantei-me com os galos, isso de vida saudável. Leite no curral, depois café alongado, bom para a minha fome sem fundo. Mal terminou, entrei e trouxe o estilingue. Meu tio sorriu quando voltei à sala, balançando a cabeça, mas acho que minha tinha me olhou diferente. Saí marombando, nem precisava, e fora das vistas desabalei frechando pela ribanceira, cruzando o rio em cima da pinguela, chegando ao arvoredo ainda com fôlego. O silêncio me pegou desprevenido. O silêncio e a sombra me apanharam, os dois misturados àquele bafio de terra morna, esquecida, sem caminho de andar. Pensei em cobra e tive medo, reuni coragem e vergonha para seguir, me sentindo explorador. Um homem é um homem, mesmo aos nove anos.

    As sandálias faziam barulho a cada passo, barulho danado. Quis tirá-las, não, não ia estrepar os pés, nem pisar bicho descalço, continuei de alpercatas. Aí ouvi o primeiro passarinho cantar e parei maravilhado, um curió, ele me deixou imóvel escutando, muito melhor do que o de meu avô. Tirei a atiradeira do cinto, vi que não tinha pedra. Que merda de passarinheiro. Azuretado, sim, procurei no chão e nada, fui andando sem encontrar, bela caçada. Bem adiante, debaixo de uma árvore rombuda, estava coalhado de bolotas. Umas frutinhas redondas, durinhas, pesadas, raça de coquinho. Enchi os bolsos com elas. E fui embora, de repente dando fé: eu andava de cabeça baixa, olhando pro chão e ouvindo, como é que ia ver passarinho pousado em galhos? Tinha de caminhar levantado, verrumando a ramaria, descobrindo o que houvesse no meio dela. Decidi, recuei, preferi escolher um lugar e me sentar, inspecionando em volta, à espera mais seguro. Demorei-me, espiando, ouvindo, encantado com o leve levitar das folhas, das frondes, até que um alado corpo cortou a paz da nesga de céu e pousou no galho em frente suspenso. Sabiá. Papo laranja, pontas pretas, inflado e se arretando no pouso, abaixando, afinal quieto contra a luz do azul um cromo. Alvo vivo, palpitante. Peguei o estilingue, mouco de todo som, a bolota para a funda de couro, devagar me ajoelhei atirador sorrateiro, mirei, e prendi a respiração. Ali a menos de dez metros. Ali estampado imóvel. Não podia errar. O tiro, certeiro. Sem um pio, o passarinho veio rodopiando, bateu no chão com um baque fofo. Fui correndo na sua direção, a mão estendida para pegar, não deixá-lo fugir, era a minha primeira presa e principiava uma fieira de outras, seriam muitas. Cheguei, vi o sabiá se espojando entre as folhas secas, o fio de sangue sujando as penas, a perna partida desgovernada. Então me deu uma neblina de vista, um enjôo, baixei a mão. Suando frio. Felizmente houve aquilo nos olhos, porque eu não queria ver o passarinho. Coitado, ia morrer, sem jeito de voar, ferido sofrendo rasteiro e perdido. Tive o ímpeto de pisar nele, acabar logo com o seu desadouro calado, mas cadê força? Eu estava bambo, de bodoque baixo. Meio que velando. De novo, aí, me tomou um desespero peste, vontade de me botar pra longe, de passar uma esponja naquele quadro-negro, não aconteceu, não fui eu, não sei, só sei que me virei e abri na carreira, desabalado, voltando aos tropeços e sustos e lanhos, até chegar em casa e guardar o estilingue.

    O pessoal, pareceu, não deu fé do meu caso infeliz. Tudo por igual ignorando, a casa no rame-rame abastado. Mas meu tio, mesmo de poucas palavras, tomou conta de mim. Me ensinou a selar um cavalo direito, me mostrou como o engenho funcionava entre tachos e tanques, jogou víspora comigo. Quase sem falar, fez com que eu esquecesse o passarinho. Aliás, sempre tive muita pena, falamos bem pouco. Ele também morreu assassinado.

PEÃO E PASTOR

O povo na rua de meio-dia. Rua estreita fechada ao trânsito, sol quente vertical, as pessoas passando em correntes cruzadas ou fazendo ilhas diante da vitrina, do camelô, dos saldos de uma liquidação que avança para a calçada. Existe o movimento formigando, mas quase nenhum rumor. Talvez a gente que sai dos velhos prédios a caminho do almoço, posta de repente na claridade forte se encandeie e perca a voz, apenas siga apressada, roçando em João Francisco de andar mais lento. Que ouve buzinas e gritos ao longe, amaciados como se flutuassem no calor.

Ele tem duas horas pela frente, não desgosta desse lado da cidade. Por isso caminha devagar, olhando em redor, sem sentir lendo os retalhos que se colam sobre as paredes cinzentas, amarelas, encardidas. São vivos e agridem chamando. O sabor de quem sabe o que quer, o sabor bem Brasil, venha ao sabor de aventura e liberdade. Tira um cigarro do bolso, volta a guardá-lo no maço. Aborrecido com o gesto mecânico, instintivo, assim tão comandado. Ainda com outras coisas, um aborrecimento geral. Serviços especializados, preços incrivelmente mais baratos e condições de pagamento muito melhores. Continua, não sabe se insensível ao que lê ou já reagindo, é terrível esse jogo de ceder e recompor-se, ir e vir, querer, recusar, a inclinação em tempo sustada. Por que deixar-se levar, como se dinheiro não contasse? Por que acreditar sempre? Esta é a última moda em Roma, reconhecidos internacionalmente, ao sucesso. Fim de mês, a conta no banco era o real. E sempre às avessas. Os tempos mudaram, para uma linha de homens, voe com quem gosta de voar. Eu não gosto de voar, eu não quero problemas. Um banco se faz com pessoas de talento. João Francisco acende um cigarro, o mesmo sabor. Traga, sorri, pára na banca de jornais.

As manchetes, conforme os interesses de cada um. Política, exterior, crime. Em seqüência, com menor destaque os assuntos mais próximos, o dia-a-dia, país e cidade. As chuvas desta madrugada provocaram inundações em toda a grande São Paulo, a dívida externa não subirá a tantos bilhões de dólares, ainda cedo para se falar de seca em Irecê. Quantas vezes os bombeiros saíram por causa de desabamentos? Água Funda, Tabuão, São João Clímaco. Balanço de pagamentos, produto interno bruto. Faça investimentos no Nordeste. Há um tom patriótico, que otimista se nivela. A reconquista da prosperidade, auto-suficiência em dois anos, sobe o padrão de vida. E além da euforia o inexplicável. Atacaremos, mesmo que isso nos derrote. Ele sacudiu a cabeça, então ataque, nem leu do espião que aposentado e descoberto se suicidara, passou por todos os livros, muitos, com as cintas de proibido para menores, e chegou às revistas, incontáveis, uma festa colorida. Roberta gosta de andar nua em casa, tudo sobre os transplantes, de onde vem o câncer. E sonhos eróticos, sexo no cinema. Aprenda a praticar o tiro ao alvo. Qual o homem que teria a coragem de revelar todas as suas experiências sexuais, com os mínimos detalhes? Não sei. Sei que a moça de biquíni listado é ótima, a outra alongada (um diamante é para sempre) também, mulher pode não ser objeto, não se usar, mas as revistas não sabem. Negócios lucrativos, seca e chuva, quem lê tanta revista? A robotização abre novos caminhos para o homem. João Francisco se afastou da banca, esbarrou no nortista com o cartaz, pediu desculpa. O outro de cara feia. Fotografias 3 x 4 para carteira, chapas de pulmão, fotocópias. Tudo em cinco minutos, rapidez e eficiência. Que mundo horroroso, meu Deus, assim tudo arrumadinho. Tudo para a perfeita sonorização do seu carro, acabamento perfeito, realizado por quem entende e tem mania de perfeição. O futuro está no robô. E sua família, sem você ela poderia manter o padrão de vida atual? Faça um seguro. Nós fizemos um carro do tamanho do seu mundo, erguemos um monumento para dar dignidade ao seu carro usado. E você, não fez nada? Então faça. Pelo menos compre, para você e sua família, uma enciclopédia da vida sexual que merece o nome que tem. Mas não esqueça de dar ao seu filho, no primeiro aniversário dele, um poster da Roberta, isso é importante, antes da natureza virar moda nós já fazíamos produtos naturais. Quando ele tiver 18 anos, se ainda não houver concluído o colegial, é com ele mesmo que nós queremos falar. Nada como aprender à sombra de uma árvore. Quanto a você, não precisa mais passar vergonha por causa da caspa. Esplêndido, não é? Vire bicheiro, enriqueça logo cercando a vida por todos os lados. No Carnaval, pule cantando a musiquinha da caderneta de poupança. Extra, super, novo. Com uma boa dose de temperamento latino, qualquer um excede. Ótimo para os que sabem apreciar.

    Se pudesse, ou não fosse inconveniente, João Francisco estaria rindo. No entanto andava sério, ainda que divertido. Ou distraído. Brevemente, na lua, uma agência do Banco do Brasil. Isso era mais alegre, mais louco varrido que a melhor fantasia sexual, mesmo estrelada pela vizinha do apartamento em frente, a que ficava de calcinhas fazendo a limpeza. Loura, leve, talvez livre. E eu aqui, andando sozinho. Eu que não quero problemas, mas afundado neles, com tempo e sem dinheiro. Meu banco em recesso, os amigos na última lona. Duas horas para almoço. Este é o automóvel – veloz, econômico, maior cilindrada e potência. Quando a situação preteja, fácil-fácil resolver. Parece mentira, sei, sempre mais difícil acertar as contas pequenas. As pessoas só ajudam em casos extremos, maior para elas a sensação de que são melhores, quem dá uma de solidário no cotidiano? Econômico, sim. Potente, vamos indo. A questão se fecha em velocidade, reduzida, minhas cilindradas não devem adiantar muito. Nem tenho carro. Somente uns restos de salário, que ainda preciso esticar por duas semanas. Nenhuma novidade.

Chegou à praça, passeando se pôs a cruzá-la. À esquerda a entrada para a galeria. Sentia-se um pouco mais João, de simples e coisa à-toa, apesar de ter aumentado sua cota de Francisco, pobre, ingênuo, marginal. À direita um grupo de protestantes, recitando e cantando. Dizer que estava com pena de si mesmo, cansado e sem novidade, seria tolice. Ou mentira. Tinha disposição, agüentava os trancos da rotina, até que meio insensível. Ele é o meu pastor, nada me faltará. O corpo acostuma, a gente nem repara, os anos passam e de repente abrimos a janela para o verão. Leva-me a descansar em verdes pastagens, conduz-me às águas que refrescam. Será que esperava, haveria em algum lugar escondido um fundo de esperança? Carreira, posição, dinheiro. Muito pouco provável. Trinta e dois anos, afinal. Mais valia contar com a sorte, loteria, esportivo deixar ir, acontecer, não temerei mal nenhum. Quem sabe um imprevisto ou mudança, um encontro de amor? Do amor, que se esvai, quando poderia ser a permanência. O gosto da perfeição, para quem sabe apreciar. Todos os dias da minha vida.

Já distanciado, João Francisco percebeu que acompanhava o salmo. Era sempre o mesmo, os pregadores de rua variavam pouco, todos ligados em promessas ou ameaças. Parou diante do sinal fechado, esperou. Nenhum vale de sombras, seu Davi, estou mais com o seu filho. Tudo tem seu tempo sobre a terra. É isso, vamos com calma, não é? Tempo de andar sem dinheiro e tempo de receber o pagamento, tempo de ficar sozinho e tempo de achar companhia, tempo de calor com aborrecimento e tempo de inverno confortável. Sem inundações e desabamentos, secas e retirantes. Um lugar abrigado. Era isso, pensou, a insegurança, o medo, suas referências mais claras. Não apenas suas, mas de todos. Onde buscaria apoio, que mal havia em desejar? Um tempo de vacas gordas.

Atravessou a rua, encaminhando-se para o viaduto. Que é que sabia da Bíblia? Não muito, imaginava. Deixando de lado o novo testamento, ficavam só trechos, frases soltas. Eu que confiei (na vossa misericórdia?), Deus esqueceu, voltou o rosto e nada vê. Espere, não pode ser apenas isso. Nem tudo assim negativo. Procurou na memória e encontrou Ló com as filhas, uma Ester novelesca, momentos de cama e vinho. Assim também não. Existiam os fragmentos movimentados, os de figuras, mas e os outros? Os edificantes, como diria seu pai. Esses eram feitos de palavras. Que não recordava, que se haviam perdido. Resolvi guardar os meus caminhos. João Francisco parou ao lembrar, quase que espantado, por que justamente esse verso? Acendeu um cigarro. Sim, resolvi guardar os meus caminhos. Do edifício ao lado, os elevadores despejavam levas de empregados que tinham pressa, lhe davam encontrões. Dois meninos com pacotes vieram correndo. Agora os automóveis, os ônibus, os seus ruídos estridentes.

Em frente ao viaduto. João Francisco afrouxou a gravata, desabotoou o colarinho. E se dirigiu para a calçada larga, ensolarada, que o povo animava colorindo, móvel, marginando o trânsito. Por um instante, a sensação desconfortável de vencer o espaço aberto, no sol forte. Chegaria à outra ponta de mãos suadas, a cabeça latejando. O normal seria a camisa colada, a testa escorrendo, o lenço enxugando os efeitos do calor. Mas não, não era isso, era a reação inexplicável que sentia ao atravessar os descampados da cidade, fosse avenida ou saguão de hotel, um desamparo de nervosa timidez. O contrário da claustrofobia, cismou, olhando os vendedores de bugigangas. Pentes, colares, espelhos. As lâminas de barbear. Panos pelo chão, improvisadas bancas de caixotes. Homens e mulheres, algumas crianças, encardidos apregoando. Tristes vendilhões, que a polícia regularmente expulsava dos seus lugares. Bom, bonito, barato. Como solitária está assentada uma cidade cheia de povo! Sorriu satisfeito, lembrara mais uma passagem. Qual cidade seria? Jerusalém, talvez, como São Paulo. Uma ponte sobre os carros, as pistas de asfalto, as pessoas diminuídas na distância, ligando edifícios a esta hora vazios. Daqui, destes quarenta metros de altura, muitos se atiraram para o final desconhecido. É possível que de sozinhos, mais que de perda ou desespero. Onde está, ó morte, a tua vitória? São Paulo. Tirou os olhos do vale embaixo, voltou-se para as pessoas que andavam perto. O seu nível. Uma japonesa de casaquinho no braço, um sargento preto de farda verde, duas moças de justas calças compridas. A japonesa podia morar em São João Clímaco, ter sido salva pelos bombeiros de madrugada, que às oito em ponto estaria a postos na recepção da companhia estrangeira. O sargento suarento era sem dúvida também cumpridor, caminhava como em desfile, sua postura negra e suas armas inspecionando um pelotão invisível. As duas moças seguiam apertadas, calças rosa e verde, calcinhas marcando mais suas formas, ondeando, conversando, numa alegria sensual que afastava os expedientes para muito depois. Meretriz entregue ao esquecimento, canta, canta bem, repete, para que haja memória de ti. As mãos já estão molhadas. João Francisco não se alegrou de haver recordado um trecho esquecido, antes recriminou-se por ligá-lo às duas moças. Por que meretrizes? Não eram, certamente. E se fossem, profissionais, amadoras, por que associar o seu jeito de massagistas ao conselho de um profeta alucinado? Mesmo que acidentais, eventuais, deviam alegrar-se com as suas nádegas, os seus colares, aquele padronizado vestir dos remediados. Elegância brasileira de verdade, a preços populares, está nas lojas tal. Meretrizes, são todas meretrizes. Como todo o amor, e místico respeito, dizia o seu escritor de cabeceira.

O guarda apitou, lá na frente, o outro respondeu atrás. E como por encanto funcionou, o trânsito se fez imóvel. O povo parou também, aquele povo todo no viaduto, o que é que estava acontecendo? Acolá na cabeceira da passarela, em meio às palmeiras antes do Municipal e o prédio do Mappin, surgiu um confuso movimento de gado, espremido e coleante, vindo, se aproximando, eram cavalos entre os automóveis. Uma comprida cavalhada, numerosa, relinchando e trotando à luz do meio-dia, parando o tráfego, enchendo a via, trazendo a calma distante do campo. Uma cavalaria cega, passando na anarquia, sem peão. Só a tropa, as pessoas que a viam. Houve quem seguisse, querendo ignorar, não existia aquilo. Houve quem parasse encantado, que beleza. Houve quem fizesse como João Francisco, sentado no parapeito, esquecendo a altura, de costas para ela, com vontade de aplaudir a cena, os bichos, principalmente o imprevisto a desgovernar tudo. Foi o que ele fez, sem lembrar do salmo, chão ou pastagem, linda essa parada animal, suas cores, seu cheiro, a cidade recuando e se perdendo além da memória. Acordava, sim. Para um mundo quieto, verde, sozinho. E como podia gostar dele? O meu pastor, aceitar e seguir, a ordem natural. Tão simples, não é? Muito seu isso de mascarar o nivelamento, valorizar o truque, você diferente e igual. Não, dificultavam a guerra. O senhor dos rebanhos, dos exércitos, era implacável mas elementar. Bata o bombo, sinhá-moça, até que ele perca a virgindade, e você também, no meio desses cavalos, deitada na relva em meio aos edifícios. Bonito mesmo, sem cantar, sem memória de ti, para que lembrar? Os cavalos passando, os carros parados. E ele sorrindo, assobiando, aplaudindo, mundo igual e simplificado. Todas as coisas têm seu tempo. Um rebanho pode mudar-se em tropel de cavalgada e chegar, crescer, parar o trânsito. Cabriolar cavaloando. Mesmo neste viaduto ao meio-dia, o mesmo sabor. Onde vira uma coisa assim? Filme, sonho, lembrança? Esqueça e aplauda, meu filho. Junto com a japonesa, o sargento preto, as duas moças. Todos iguais, bebendo aquele óleo tão bom para o seu carro, o óleo da purificação. Todos livres, entregues aos cavalos. Um guarda apitou, o outro respondeu, tinha passado a cavalhada. Os carros, os ônibus, o povo, tudo voltou a andar. No entanto o sol não se moveu. Ficou imóvel de testemunha.

    O suor deixara as mãos, espalhara-se pela camisa, e João Francisco respirou fundo o ar de muitos odores pesados. O que é que anunciava o profeta, afora suas maluquices? Eu não sou o que compra, nem carro, nem som, nem mesmo um lote de terreno no cemitério ajardinado. Meu jardim é aqui, entre edifícios, esperando o fim do mês, andando sem pressa, voltando para a mesa que me sustenta. Faço cálculos, cartas, faço o comum de viver.

O mais, o que está acima do diário, eu aguardo. Sem lucidez, o que seria loucura. Mas com a dose de magia, de imponderável, que faz parte do homem. Arrisque tudo, o céu é o limite. Isso passa. Quem viver verá. Vamos todos subir num cacto. Haverá choro e ranger de dentes. Não, nada disso. Eu sou João Francisco, devagar e sempre, brasileiro de nascença e profissão. Não é mesmo? O viaduto está quase no fim, só faltam uns trinta metros. Menos do que a sua distância vertical, a do outro caminho. Eu resolvi guardar os meus caminhos. Compro uma espiral, que fica bem em conta, e durmo tranqüilo. Adeus, mosquitos. Quando acordar, sei que posso me atirar daqui. Lá embaixo, de braços abertos, olharei para cima sorrindo. A propósito de tudo: de cheia e seca, do bombo dos protestantes, de japonesas, sargentos e prostitutas, do nosso produto interno bruto, balanço de pagamentos, ajustes salariais, dívidas, café da manhã, meus silêncios e lembranças. Sei que canto bem, e repito. Mas não pulo, sigo adiante. Por quanto tempo, este ou aquele, quem dirá? O sabor de aventura e liberdade, o descanso em verdes pastagens. Tudo anúncio. O verdadeiro, sabemos nós, é este longo intervalo para almoço. Irei ao restaurante do espanhol, pedirei uma feijoada carioca, que vem com couve à mineira. Antes, a caipirinha de estilo. Não será por causa do calor que dispensarei. Esquenta, é verdade, mas depois não. O sexo no cinema, na enciclopédia, na vizinha em janela panorâmica. Ela branca, o apartamento escuro. Dá para ver. O vale das sombras, o sabor bem nosso, os sonhos eróticos. Roberta no poster. Em duas semanas, resolvo todos os meus problemas. Eu João Francisco, trinta e dois anos, de Gália no interior, aqui vegetando e cumprindo, pastor, peão, faz tempo que sim mas sem desesperar. Um dia compro carro e etecétera. Cruzo o viaduto sem sentir, naturalmente. Nem reparo no pessoal de baixo, porque estou por cima, coisa da vida. Esta plataforma de cimento, juntando as mesas do escritório e do restaurante. Eu também sou um muro. Sem lamentações, meu santo homem. Sem crediários. Enquanto suportar, junto com a cidade, eu sou um muro.

OS INVENTORES ESTÃO VIVOS

Quando o homem abriu a porta, fazendo-a ranger, eu levantei a cabeça. Já havia entrado e olhava a sala, sorrindo como se a estivesse reconhecendo. Coisa de um instante. E me vi diante do cavalete com o estranho lá em pé, chão vazio entre os dois, e recuando abarquei a mim, a ele, ambos imóveis e esperando, feito figuras. Por um breve momento, que nos revelou na luz crua da manhã. Então o visitante desceu o degrau, veio até a mesinha dos potes e pincéis, de cima perguntou:
– O senhor é o dono?
Acenei que sim.
– Eu quero fazer uma encomenda.
Dito assim determinado. Nem me levantei, apesar dele ser alto. Respondi importante:
– Procure outro.
O desconhecido se espantou:
– Que outro?
Encolhi os ombros. Aí sorri, explicando:
– Não estou mais no ramo.
Ele parecia não entender, ali parado e confuso. Demorou para encontrar a voz:
– Quer dizer que não inventa mais?
– Isso mesmo. Deixei de inventar.

O intruso puxou do bolso o maço de cigarros, tirou um, acendeu-o. Ganhando tempo, ou muito desconcertado. De repente me olhou:
— Que é que está fazendo agora?
— Pintando. Fazendo retratos.
Nova pergunta veio vindo, crescendo, mas ele a soltou num tom baixo:
— De mulher?
— De mulher.
Ficou fumando, ali de pé, eu sentado esperando. Afinal ele se mostrou um cliente:
— Posso vir com ela? Quer dizer, vou tentar. É...
— Não — eu cortei.
— Como? Então não vai fazer?
Estava meio espantado, meia decepção. O cigarro entre os dedos e os olhos acesos. Novamente sorrindo, eu disse:
— Vou. Mas não traga ninguém, não quero ver. Basta uma fotografia.
— Uma foto?
— Sim. Postal, instantâneo, três-por-quatro. Serve qualquer uma.
Custou a entender:
— Uma foto...
— É, que seja parecida. Nos traços, no jeito, na iluminação dos cabelos. Está me entendendo?
Ele balançou a cabeça:
— Como retrato de morta.
Fiquei calado. Apagou o cigarro no cinzeiro, meticuloso, até que o toco se desfizesse. Cumprimentou e saiu.
Três dias depois, apareceu sem me avisar. Eu ia dizendo que não tinha hora, dando uma desculpa, mas ele sorriu estendendo a foto. Não aprendi a resistir. Tomei o rosto de mulher na mão, curioso, examinando-lhe os tra-

ços, boca e olhos, as linhas do pescoço, a implantação dos cabelos, decidi que era do tipo suave mas tinha brilho. E merecia.
— Sente-se. Espere, que eu começo logo.

Terminei o que estava fazendo, um simples retoque, ajeitei o cavalete de costas para a janela, apanhei o lápis e me pus a riscar. O homem, sentado mais para trás, mais para a direita, fumava. Com um jeito amigável.

— O senhor se importa de conversar?

Respondi que não. Ele entrou a falar de coisas avulsas, meio descosido. No entanto a voz vibrava na sala muito presente. Sem olhar para a sua cadeira, concentrado na tela, eu podia saber cada uma das expressões a que correspondiam as inflexões bem moduladas, as sílabas palpáveis, e a voz me guiava a mão. De certa maneira, eu trabalho assim. Passando para os retratos um pouco de quem os encomenda. Neste caso, eu nem chegava a pedir que o homem falasse, ele mesmo se oferecera.

E a conversa ganhava contorno. E a voz se fazia mais nítida. E traço a traço eu apanhava seu timbre.

— Esse amigo faz relações internas, mas diz que presta acessoria empresarial. Como não está satisfeito com o trabalho, diz que dá aulas em uma faculdade do interior, que vai acabar logo a tese de mestrado. E por uma questão de princípios, ou de formação, diz ainda que atua no movimento estudantil mais radical.

— E nada disso é verdade?

— Não é bem mentira, será antes imaginação.

— Ou deformação.

— Ou ajuste.

Vi e senti que estava sorrindo. Sem fel, amável. Era um rapaz simpático, ali descontraído e fumando, o rosto magro, as mãos quietas, ele todo falando comigo.

— Então a imaginação não é um ajuste? Diga o senhor, que não inventa mais. Por quê?

Foi a minha vez de sorrir:
- É difícil explicar.
- A mim? Ou ao senhor mesmo?
Parei o desenho, olhei-o. Tão moço e já tão alarmado. Deu vontade de lhe botar uma moldura em volta, dessas de metal, para que esfriasse.
- Nem uma coisa nem outra.
Esperou calado. Eu disse:
- É preciso vir do princípio.
- Temos tempo, não temos?
Nem tanto. Mas por que não contar? Pelo menos ajudaria o retrato, sempre ajudava, mesmo que a voz fosse a minha. Balancei a cabeça e voltei ao desenho:
- Comecei muito cedo, tinha dezessete anos quando inventei a primeira. Era doce, branca, um silêncio. E verde me olhava. E cheirava a jasmim. À noite, crescia para os lados. Depois fui ver que se abria, dividia, parecia multiplicada. Com os seus enfeites ainda simples. Com os seus guardados bem à tona, flor da pele. Eu me enrolava neles, entrando e gastando um a um, nunca entendi por quê. Foi um tempo igual, de bom, de macias descobertas, um tempo fabuloso. Ela durou onze meses, sete dias e quatro horas. Os minutos eu não reparei.
Parei, como se esgotado. O ouvinte continuou, se perguntando a mim:
- E não ficou a sensação de que ela não havia existido, não era de verdade?
Eu tinha de concordar:
- Ficou, sim. Mas eu não sabia se era ela, ou era eu, os dois muito verdes. No princípio a gente é assim, um encantado.
Ele silenciou, nem eu falei mais, ficamos relembrando as nossas magias, certamente ficamos, até que se finou a sessão e marcamos uma outra, dia seguinte à mesma

hora. Um retrato deve ter o bastante de atual, para que se possa reconhecer depois. Ou o tempo é matéria assim tão em trânsito?

Quando ele abriu a porta, na manhã que veio seqüente, eu vi que estava refeito de todas as suas lembranças. E não me enganei. Tanto que principiou a falar, normalmente, enquanto eu me decidia pelas tintas e naturalmente misturado me lançava à tarefa. Dado instante, eu ouvi melhor:

– Acordava cedo, com as galinhas, e ia para o quintal. Cuidar de plantas, dos passarinhos nas gaiolas, comer fruta e ver o céu. Oito horas da manhã, café tomado e carro esquentando para sair, acreditava que o seu dia já estava mais que preparado. Vacinado, murado contra o resto. E se esvaziava, burocrata, ansioso, metódico, desvairado, dez horas até a noite. Queria sempre ver televisão depois do jantar, mas dormia sempre. Era um homem gordo e infeliz.

– Isso me lembra outra coisa, também verdadeira.

– Do seu tempo de inventar?

Como o meu tempo? Não invento porque não quero, já passou. Não fui eu que passei.

– Das verdades que passaram com o tempo.

– Olhe, isso me interessa – ele disse, com a juvenil sutileza de um trator.

Eu dei uma pausa, uns traços bem marcados, e adentrei pelas minhas memórias:

– Ali por volta dos vinte anos, homem feito e experiente, eu inventei muitas. Foi uma fase danada de confusa, muito sobre a tumultuada. De todas as que apareceram, guardei uma. Era gorda, mas não sei se infeliz. Era gorda por fora e por dentro, com todos os recessos de receber, mas tinha o gênio e as atitudes das magras. De atritar, repelir, corresponder secamente. E logo se arredondar, e depois ouriçada, uma e outra, deitada e em pé, ela e seus contrastes. Eu daqui pra lá, no meio, dela ou delas? Me gastando, fagueiro. Um drama, que só percebi mais tarde, na relembrança. Essa durou uma translação completa e três luas, e precisamente duas horas. De repente se desfez um pó, entre meus dedos.

Não ia continuar, mas o cliente perguntou como se me interrompesse:

— Ela foi muito real, não foi?

Bati a resposta de cabeça, foi sim e calado, hoje eu vejo. Mais que as outras, aprendidas com o viver, o sentir, um rapaz sem saber estuda os seus modelos. Repare esta boca, por exemplo, aqui se entreabrindo em sorriso. Eu tenho pena, tenho inveja de você que veio dela, que para ela voltará. Preso e pulsando e pouco.

Nós nos despedimos quase sem palavras. Até amanhã, acabo amanhã, creio que disse. Porque no jeito do homem ficou uma prévia de último encontro.

A terminação é sempre cansativa, esse trabalhoso que a gente não percebe, enganado pelas cores do advento. Ainda bem que ele falava, me guiando com os sons de sua voz. Ou seria o sentido?

— Tenho um colega que se esconde, um outro que faz o genial, um terceiro que simplesmente se dana quando não é reconhecido. Eu acho que esconder-se é bom, bancar o gênio um tanto infantil ou perigoso, ressentir-se com ser ignorado mais para o patético. Em separado, os três podem ser até razoáveis. Mas em conjunto, no dia-a-dia, representam uma perfeita comédia.

— Ou farsa.

— É, talvez farsa. Não fica bem, parece, um sujeito forçar o componente do trágico na comédia. Já com a farsa, não. Farsa trágica é melhor.

E eu pintando. E traçando e compondo, de cor e salteado, o rosto da mulher dele. E sombreando.

— Aos vinte e cinco eu estava pronto, adulto. Não de idade ou vivência, mas de acervo, tinha muitas mulheres. Inventadas, todas imóveis. Umas secas, outras baixo-relevo, algumas guardadas em vidro como essências. A folha, a pedra, o perfume. Que não substituem as vividas. Aí, consciente e desesperado, eu quis a definitiva. Querendo quem sabe a matriz. Então eu baralhei minhas técnicas, estava mesmo me despedindo, ou tudo ou nada. E ela veio, era uma e eram mil, sem lógica, sem planos, entrava e saía, ria, sorria, séria chorava, ela com os seus foguetes, suas sete saias, nuinha, maluca de pedra ritual, franjas soltas ao vento e reprimida feita cadela no cio. Eu me entendi, afinal desconexo. Fechei o expediente.
— Quanto tempo ela durou?
— Não durou. Ela foi, só isso. Não reparei.
— Um tempo de farsa?
— Respeite, meu filho — eu disse com severidade. Mas ele insistiu:
— É sempre assim. Existe uma ordem, natural. O mito, o drama, a farsa. O senhor fez o caminho normal.
— Para onde? Eu parei porque quis, esgotadas as minhas possibilidades. Ou o homem é um açude sem fim?
Ele não respondeu. Eu me refiz. E pensando nelas, e me repetindo pelo desconhecido, eu renasci das minhas cinzas para atentar nas dele, ali em frente.
— Sua mulher é muito bonita.
— É.
— Sua mulher tem um quê diferente.
— Tem.
— Sua mulher está em plena vida.
— Está.
E só, houve uma pausa, o silêncio previsto. Ele pensava, o que dizer ou não. Eu esperava adivinhando.
— Eu inventei.

Sorri, já sabia. Mas o adverti:
— Não se pode inventar um retrato.
— Não? Por quê?
— Porque o retrato é.
— Mesmo que se projete, além, que outro faça?
— Mesmo assim.

Ele não disse nada, por um momento, e sorria como se tudo aquilo estivesse previsto. Eu, então, senti que não sabia mais nada. Todas as minhas experiências e crenças desfeitas. Ali na frente do estranho. Do visitante de outras paragens, mundos que eu desconhecia. Tive raiva, essa exasperação dos impotentes. E burlado, e miúdo, eu disse de vingança:

— Você não vai viver com um retrato.

Ele me pagou, muito, apanhou o quadro, e saindo sem olhar a mulher respondeu:

— Por que não?

O RETRATO

Para Lygia Fagundes Telles

Já não se andava à noite pela cidade. Nós tínhamos ido jantar com amigos, era tarde, o carro ficara estacionado longe, e nossos passos batendo na calçada rompiam o silêncio, mas adensavam as sombras. Quem é que gosta de uma rua vazia, sob um céu de fuligem, quando os edifícios recuam apagados para trás dos gradis? Eu não, pois tudo me cerca. E talvez por isso, o ermo isolamento, seguíssemos de cabeça erguida, como à procura de alguma estrela, pequena, coada, que mesmo vacilante nos pudesse guiar.

De repente, minha mulher disse:

– Àquele retrato. Não queria em casa por dinheiro nenhum.

Custei a entender, até que admirado respondi:

– Mas é um quadro lindo!

Ela não achava, que beleza podia ver num rosto assim? Os olhos duros, a boca repuxada, uma coisa tão escura. Dava medo. Fora a sensação que tivera, na hora. Encarar o retrato e ficar apreensiva, atemorizada, uma pessoa ali presente e ameaçando.

– Eu não queria aquela mulher na minha casa.

Ri do seu acesso. Um retrato severo, um pouco triste, está bem. Mas de um vigor, uma expressão. Era tolice, era ciúme, brinquei. E de uma desconhecida.

Isso, desconhecida. Como é que se põe dentro de casa uma estranha, que não se sabe quem? O que fez, onde andou, qual a história dela. Espiando acordada, tenebrosa. Toda de preto. Se fosse parente, não. Ainda que morto, foi próximo e continua, a gente sente uma força positiva.

— Olhe a paranóia — eu disse.

— Aquela mulher é má — ela respondeu.

E revendo o rosto do retrato, suas linhas secas e sombrias, eu quase concordei. Para aos poucos me entregar a uma impressão de sortilégio. A rua se fez mais deserta, com um céu fosco de campânula a abafá-la.

No carro, ligando o motor e acendendo as luzes, fui voltando ao meu natural. O asfalto sempre nos mostra uma via familiar. Então, eu me lembrei:

— Você não vai dizer nada, não é?

— Não, claro que não.

Eles não iriam entender. Meu amigo comprara o retrato em Minas, no interior, só numa cidade pequena se encontraria o pintor famoso, já desaparecido, por um preço tão acessível. Ficara feliz, tinha de ficar, o jantar fora uma alegre comemoração. E não somos de acreditar, pessoalmente e como grupo. Alguém riria de nós.

— Ela é uma presença ruim.

Minha mulher insistia. Naquele seu jeito de largar uma idéia fixa como se não fosse, meio acidental, ao mesmo tempo observação e certeza. Uma intimidade com mistérios, que ela simplesmente me transmite. Recusando uma casa, um lugar, uma criatura, logo à primeira vista, às primeiras palavras, sem ter nem pra quê. Eu, no entanto, fumava e reagi:

— Ora, deixe disso! Onde já se viu implicar com um retrato?

E ela, assumindo a sua percepção:

— É uma força negativa. Não vai trazer nada de bom. Não me pergunte por quê, mas eu sei, e tenho medo. Procurei desviá-la para um terreno mais firme, o real, ou racional, não sei, retrato é como espelho, nós olhamos e nos encontramos, com tudo o que tais visões nos trazem. Repare nos livros, nos contos, o tema se multiplica. Sempre a linha mágica, o sobrenatural. Vai ver que isso está bolindo dentro de você.

O troco veio rápido, não e não. Quem está sempre lendo? Eu não faço da leitura um meio de viver, leio mas vivo, gente é mais importante do que personagem.

— Bobagem sua. Personagem é gente. Se não for, não funciona, nasceu morta.

— Aquela mulher já morreu.

— Pare com isso.

— Morreu, sim. E era má. Vai chamar desgraça.

Respirei fundo, não sou de bruxarias, de parapsicologias, nem sei dos nomes que estão entre esses caminhos, caio muito na realidade, no terra-a-terra, imaginação para mim tem outros rumos. Daí eu dizer, me acomodando ou conformando:

— Tudo bem. Mas não fale nada. Nem dê a entender. Eles estão satisfeitos, gostam do retrato, não merecem.

Ela disse que sim, ou que não diria, nem ali nem depois. Não disse mesmo. Nem teve tempo, nem quem a ouvisse. Porque após o acidente, a tragédia, ficaram poucos e decerto não estariam dispostos a ouvi-la. Amigo é coisa para se guardar, não para se falar, debaixo de sete chaves nos enterramos com ele. Nunca mais, também acho. E me esqueço lembrando. Ela mesma, quando fui capaz de tocar no assunto do quadro, me respondeu:

— Agora, não. Ela já fez, já fez tudo, fez todo o mal possível. Agora não tem mais perigo.

Eu, atarantado com o que sofrera, e sofria, e imaginava na falta vindoura, só tive palavras de perguntar:
— Será que essa mulher existiu?
E a minha, tão humana quanto inesperada, me agravou antecipando:
— Você ainda vai descobrir.

O POLICIAL DO ANO

Para Aldemir Martins

Apresentação: Centro, avenida iluminada. Som de sirena se aproxima, até que a viatura surge e vem a primeiro plano. Enquadramos e seguimos o veículo pelo trânsito, apanhando os que estão nele, os transeuntes que se voltam para vê-lo, alternando as cenas. Câmara lenta nas de rua, as expressões de curiosidade, susto e receio (velhos, pivetes, prostitutas), em ritmo normal o sorriso ou a displicência dos policiais. Superposição de título e créditos do programa, os nomes jogados entre os vazios da luz vermelha que gira sobre a camioneta. Ela entra em garagem de delegacia e vai sumindo com o som da sirena. Fusão.

Narrador (studio): Esta noite, dentro de alguns minutos, será entregue o prêmio que distingue o Policial do Ano. Um júri de delegados e comissários, de promotores de justiça, advogados criminais e jornalistas especializados, totalizando vinte e um votantes, fez a sua escolha por unanimidade. Quem é esse homem, quem é esse paladino da luta contra o crime, para merecer tamanha consagração das figuras mais destacadas na preservação dos valores da nossa sociedade? Vamos conhecê-lo agora. E acompanhá-lo, desde as primeiras horas deste dia, tão importante para o delegado Atílio Fontana.

Fusão: Sala de jantar classe-média, mesa posta para o café-da-manhã.
Cortina musical: Entra, passa a bg e some.
Entrevista (off): A partir do momento em que o delegado aparece. As perguntas e respostas sublinham a ação, os pormenores das figuras e do ambiente. O homem é grande, usa costeletas, está de camisa e gravata, come com apetite. A mulher é apagada, comum ou frágil, estilo discreta rainha do lar. A empregada negra, servil, desvelada atende o patrão importante e já suarento. Ceia-larga sobre o aparador pesado, reproduções, vasos e bibelôs, tudo caro e de gosto duvidoso. Câmara passeia, detalhando, faz pingue-pongue entre o burguês de fundo e o de fato, prosperamente à vontade. Enquanto ele toma café-com-leite e come torradas com geléia, clima estrangeiro de hotel (suco de laranja intocado), o diálogo corre:
Repórter: Como o senhor se vê?
Delegado: Eu sou um homem simples, igual aos outros. Se não fosse, se não me sentisse, como poderia zelar pela comunidade? Sou um homem comum.
Repórter: Por que o senhor escolheu a polícia?
Delegado: Eu não escolhi, fui escolhido. Quer dizer, eu vim naturalmente, já estava pronto. Meus amigos e colegas almejavam ser professores, juízes, grandes advogados. Eu, não. Queria mesmo era isso, a repressão ao crime. Desde a faculdade foi assim. Pelo que sei, chamam isso vocação.
Repórter: E o senhor acertou, isto é, se acha realizado?
Delegado: Eu me considero. Vim de baixo, trabalhei duro, hoje colho os frutos. Há muita coisa a fazer ainda, estou pemanentemente mobilizado. Contra os bandidos, os subversivos, os corruptos. Mas vivo em paz comigo mesmo. Durmo tranqüilo, com a consciência do dever cumprido. E nunca poderia imaginar uma homenagem como essa de hoje.

(Intervalo para os comerciais. Se possível, escolher. Brancura de sabão em pó, esperança de poupança, juventude em calça jeans. Deixar para outro horário o INAMPS, aquilo de estou na fila mas vivo.)

Sequências: Delegado saindo de casa e dirigindo pelo bairro ajardinado, a caminho da cidade. Chegando à delegacia, onde policiais e funcionários alegremente o abraçam. Assinando papéis em seu gabinete, com a mão canhota (anel de grau).

Narrador (off): Esta sexta-feira vai ser calma para o delegado Fontana. Mesmo com o trânsito mais difícil, ele terá um dia sossegado e de festa. Recebendo os cumprimentos dos seus companheiros, que são também amigos e admiradores. Despachando na sala de poucos móveis, onde ele fica bem menos tempo do que gostaria. Porque a sua vida é mais lá fora.

Filme (som direto): Reportagem de batida em subúrbio. É noite, as sombras dos policiais cercam uma casa isolada. O delegado, de japona, comanda a operação. Rostos, armas, carros. Pequenos ruídos, movimentos, e de repente o tiroteio. Rajadas de metralhadora, gritos. Ação que se desenrola confusa, até o silêncio. E o pé na porta, a invasão, mortos e feridos. O delegado guarda o revólver no seu coldre de ombro. Fusão.

Entrevista: Plano médio de homem ainda moço, bigode caído, em mesa de redação. Sobrepõe: Mauro Ferreira – jornalista.

Repórter: Hoje você é quem dá entrevista, Ferreira. (Ele sorri.) Sobre o delegado Atílio Fontana. Como membro do júri, por que acha que ele foi escolhido o Policial do Ano?

Jornalista: Pelo seu trabalho. O delegado Fontana não dá trégua aos marginais, aos traficantes, aos bolchevistas. No meu entender, é um policial modelo. Por isso nós o elegemos. E também porque, durante o ano, ele se notabilizou em dois ou três casos sensacionais.

Repórter: Quais foram esses casos?

Jornalista: O do bandido da igreja, o do assalto à casa do juiz, o da quadrilha de pixotes. Foram casos que ocuparam os jornais durante semanas.

Fusão: Narrador volta, com prefixo musical de noticiário, que cessa; símbolo da emissora ao alto, no canto direito da tela.

Narrador: No próximo segmento, relembraremos os três grandes casos do delegado Atílio Fontana, o Policial do Ano.

(Intervalo para os comerciais. Incluir no bloco, já que não se paga e temos de veicular, qualquer filme do Serviço de Assistência a Menores. De resto, as preferências vão para disco, refrigerantes e moda.)

Reportagem: Câmara enquadra igrejinha pobre, corta para entrada da nave, segue pelo meio dos bancos até o altar-mór despido e com uma Nossa Senhora à luz de poucas velas. Um padre velho, com jeito de imigrante, está parado no último degrau. A repórter, de cabeleira encaracolada e camiseta, vai ao seu encontro.

Repórter: Estamos na igreja de Nossa Senhora das Mercês, em Água Fria, aqui com o padre Toffani. Padre, onde foi que morreu o bandido que invadiu sua igreja?

Padre (se demorando a responder, mastigando a dentadura, enfim apontando): Ali, perto do altar de São Francisco.

Repórter: O senhor viu, padre?

Padre: Não, minha filha, Deus me livre. Eu estava dormindo, acordei com o tiroteio. Quando cheguei, uns minutos depois, já havia terminado.

Repórter: Padre, o senhor sabe que ele matou dezessete pessoas?

Padre: Sei, filha. E que ele tinha dezoito anos.

Fusão: Restaurante, mesa grande. O delegado Atílio Fontana à cabeceira. Todos sem paletó, algumas senhoras com jeito de funcionárias, muitas garrafas de cerveja entre os pratos. Um homem gordo se levanta e brinda. Palmas.

Narrador (off): Os funcionários da delegacia, os amigos e admiradores do delegado Atílio Fontana almoçam com ele. Comemoram, em clima de amizade, admiração e respeito. Nós também erguemos o nosso brinde.

Fusão: Casa de bairro classe-média. A mesma repórter de cabeleira e camiseta, que toca a campainha, aguarda e é atendida por uma empregada com ar de pessoa da família.

Empregada: O doutor é juiz, não pode dar entrevista.

Repórter: E você, não fala? É sobre aquele assalto. Como é que foi?

Empregada (compondo o rosto): Uma coisa horrorosa, nem quero me lembrar.

Repórter: Sei que é horrível. Mas conte, conte pra gente.

Empregada: O doutor juiz estava fora. Em casa, só D. Joana e eu. Então, eles entraram. Eram em quatro. Então, eles ficaram de revólver em cima de nós duas, fazendo de tudo. Comendo, bebendo, virando as gavetas e esvaziando os armários. Então eles trancaram nós no banheiro. Fazia um frio, nem sei se era de medo. E quando pensei que tinham ido embora, com o dinheiro e as jóias, foi aquele fim-de-mundo. Tiro que não acabava mais. Um veio abrir a porta, nós duas saímos. D. Joana foi matada no começo da escada, no que ia descer, caiu sem um ai. Também não sobrou nenhum.

Repórter: Alguém tinha visto...

Empregada: O guarda do vizinho que avisou.

Fusão: Gabinete do delegado. Os funcionários todos

185

em volta da mesa, o semi-círculo de policiais, carcereiros, amanuenses e datilógrafas, o embrulho de presente sobre a mesa. O delegado abre, tira do estojo a mauser brilhante e sorri maravilhado. Palmas.

Narrador (off): O carinho, o afeto, o apoio de todos em volta do delegado Atílio Fontana. Em forma de presente. E como não podia deixar de ser, um presente profissional. Um instrumento de trabalho. O que ele sempre desejara ter, e que recebe agora dos seus amigos.

Fusão: Sala impessoal, que depois se entende ser de uma delegacia. A repórter, aquela das outras duas retrospectivas, entra com o seu microfone e pára em frente à mesa de um velho policial. Ele é repeitável, tem tudo de um sólido pai de família. Ela, um tanto desafiadora.

Repórter: Como é que foi o caso dos pixotes, da quadrilha deles?

Policial: A quadrilha dos pixotes foi um caso muito sério. Com mais de cem crimes, com mortes, estupros, uma violência incrível. O delegado prendia, os outros soltavam. Eram menores. Aí, um dia, ele perdeu a paciência.

Repórter: E fez o quê?

Policial: Nada de mais. Juntou eles todos, botou num ônibus, e foi deixar aquele magote da peste fora do Estado. Depois da fronteira de Minas Gerais.

Repórter: E deixou a meninada toda nua?

Policial: Menino, que menino? Era bandido mesmo. E por que estar vestido? Sem bolso nem cinto não tem arma.

Fusão: Narrador vem entrando, com os prefixos sonoro e visual da emissora.

Narrador: Esses os casos sensacionais do delegado Atílio Fontana. Veremos a seguir, depois dos comerciais, a cerimônia de entrega do prêmio ao Policial do Ano.

(Intervalo para comerciais. Genéricos, no fluxo corrente, Bancos, automóveis, cigarros. Nada que interfira com a solenidade que vem depois.)

Salão de barbeiro: O delegado, cortando o cabelo e fazendo as unhas. Ele pagando a conta e dando a gorjeta. Aproximando, morde um dedo da mão esquerda (é canhoto), querendo tirar um fiapo e chupando a unha.
Narrador: Depois do expediente, o delegado Atílio Fontana se prepara para a solenidade de entrega do prêmio. Afinal, ele é o Policial do Ano.
Fusão: Saguão de hotel, convidados. O repórter se aproxima de um senhor.
Repórter: Promotor Beltrão. O que o senhor acha do delegado Atílio Fontana?
Promotor: Um brasileiro digno. Um paradigma. Se todos nós nos empenhássemos assim contra o crime, o Brasil seria um país bem melhor.
Corte: O delegado no camarim, sendo maquilado e empoado. O rapaz que o retoca é louro e leve, o policial é brusco e desagradável com ele. Sua e tenta arrancar, com os dentes, uma lasca de unha da mão esquerda. Mas sorri.
Fusão: A cena armada, mesa, flores, microfone, o palco da apoteose. Em sucessão rápida, os convidados, que são júri e pessoas gradas, o apresentador falando, a platéia. Arrumação de efeito.
Apresentador: E agora, senhoras e senhores, o homenageado da noite... delegado Atílio Fontana, o Policial do Ano.
Corte: O delegado entrando. Aos poucos, todos se levantam aplaudindo. Ele pára no meio do palco, se inclina agradecendo, vai sentar-se. Close no seu rosto sorridente mas composto, a testa brilhando de suor.
Corte: Apresentador falando off, música subindo, criando clima.
Corte: Velho severo, obviamente presidente da cerimônia, que fala mas não se ouve, a música segue crescendo, empolgante.

Corte: Delegado, que atento se volta para o orador e distraído, disfarçado, tenta com os dentes arrancar a farpa de unha.

Corte: Velho solene (música cessa em acorde alto), que diz: E agora, tenho a honra de entregar ao doutor Atílio Fontana, com esta placa de ouro, o título de Policial do Ano.

Corte: O delegado se levanta e vem a plano médio, cumprimenta o velho, recebe o estojo, faz uma reverência para a mesa, outra para a platéia, fica um instante parado em frente ao microfone. Enquanto se restabelece o silêncio, ele corre um dedo pelo colarinho em gesto de desafogo. Sua e sorri. Afinal começa a falar:

Delegado: Senhor presidente, senhores membros do júri, meus amigos e companheiros, minhas senhoras, meus senhores.

Aproximação: O rosto do delegado na pausa, gotas de suor em sua testa. Novamente ele passa um dedo entre o colarinho e o pescoço. Vai falar, chega a abrir a boca, mas pára. E leva de novo a mão, agora espalmada, à garganta. Como se estivesse sufocado.

Close-up: A mão em concha tapa o colarinho. No silêncio em suspenso, a mão vai descendo frouxamente e se revela a mancha vermelha, alastrada, que já escorre empapando o peito da camisa.

Afastamento: A câmara recua lenta, mostrando o delegado que se apóia na haste do microfone, leva mais uma vez a mão ao pescoço e olha sua palma sangrenta, sem entender, mudamente. Pessoas da mesa começam a levantar-se por trás, enquanto ele escorrega, devagar, até cair no chão.

Som direto, de vozes: Que foi que houve? Um médico, chamem um médico! Não deve ter sido nada. (A seguir, e rapidamente, é o alarido.)

Câmara fixa: Ainda apanha o corpo estendido, com a camisa toda ensangüentada, antes que surjam pessoas diante da objetiva e logo ocupem toda a tela.

Câmara na mão: Dançando, procura furar o ajuntamento, que vai tomando o palco, em meio ao descontrole de cadeiras arrastadas, exclamações estridentes, passos corridos. Por uma fresta entre os que se abaixam em torno dele, pega de relance o rosto do delegado Fontana, de olhos fechados. E volta a tremer sobre costas, ombros e cabeças curvadas.

Corte: Símbolo da emissora, como se houvesse falha. Ele se demora três segundos sem som, então vem a música por mais cinco.

Corte: Mesmas seqüências iniciais, o encerramento segue e repete a camioneta pelas ruas, à noite. Rotativo com os créditos da equipe técnica.

TERESINHA

Entre o fim da tarde e o começo da noite, ao certo não sei, existe um instante que parece feito de silêncio. A luz ainda não se foi, nem a sombra nasceu, e no céu indefinido uns tons de laranja, de rosa, sujam-se contra as manchas das nuvens. Mesmo que haja edifícios, que o cenário seja a cidade, é um rompante da natureza forçando sua presença. Assim como nos chegam as estações, de repente. Nele, nesse pequeno espaço de tempo desperto, os sentidos se aguçam. E ouvimos a pausa e enxergamos além do opaco e o cheiro do asfalto nos assalta calado e nítido. Tudo com uma enraizada sensação de lugar, eu vim de longe mas agora estou aqui.

Foi num desses momentos que os dois amigos a viram. Tinham sentado fora, mesa de pista em bar de esplanada, o calçadão, a rua, o jardim, e bebiam sem pressa, sem nada a esperar que algum simples mistério noturno, ó primavera tão pouca e tardia, quando ela apareceu. Vinha solta, claro entre os passantes. Saliente, destacada, toda um relevo. E já surgiu ondulante e colorida e alongada a caminho, e eles a notaram no seu movimento e a receberam animada. Feita uma compassada visão ou dádiva chegando, pronta a desatar-se. No entanto ainda a distância.

O amigo mais velho a sentiu de longe e parou com o copo no ar, reconhecendo nela um antigo feitio, uma intimidade remota, e involuntário desvendou-a, e lembrou perdidas palavras, e afastou-as e as substituiu, pouco sutil, quase grosseiro, rápido na mudança capaz de atá-la ao presente e à ocasião, pois entendeu que o seu real era juventude.

O amigo mais moço a percebeu como um caçador, e furtivo pousou o copo sobre a mesa, espreitando-a no seu passo arisco, elástico, armando armadilhas, imaginando engodos e cuidados para atraí-la, desejava prender, encantar essa presa que se aproximava, felina e morna e nova, até que afinal a rendesse parceira e a fim.

Ela porque afeita divisou, a despeito de afastada e distraída, a atenção que despertara nos dois homens, e como percorrida por uma interna corrente endireitou-se mais, adelgaçada, palmeira, era como se reunisse seus temores ou incertezas para aquele efeito de aparente segurança. E o primeiro amigo lhe conheceu o frêmito, não avistou mas distinguiu que ela se havia de talhe incorporado, tinha de ser, pois onde encontrar tamanha graça, perfeição, mulher ao natural? E o outro amigo também captou o seu leve animar-se, estava a postos, e o traduziu em fluência, desfile, uma atitude pobre de exposição, a definiu modelo se deslocando em vários sentidos. E todos três, ela vindo e eles à espera, estavam para se encontrar no pôr do sol urbano, um comum e fortuito e esquecível momento que assumia o feitio de instante a rever, sem dúvida belo, uma coisa valorizada e de permanência. Neles e no ar que respiravam.

Aquele homem grisalho, senhor e distinto, de olhos experientes no entanto admirados, aquele rapaz moreno, tanta vontade reprimida, a me olhar assaltante e apesar, essa moça meu Deus, que beleza de rosto e corpo e porte, assim de súbito como um acender de velhos fogos, aqui menina, venha, se deite, acabou a sua mostra, pode tirar a ultima peça e o cansaço, vamos juntos e só nós dois começar.

Sobre os três o crepúsculo, arrebol para a tarde, plenilúnio para a noite.

O amigo mais velho a recebia em cadência, no oscilar contínuo se acalentando e crescendo, evolução, chegada, foco, e com ela tão gradual, tão ritmada, marchou por suas lembranças, foi ao encontro de uma cadeira de balanço, era austríaca, de palhinha, e da mulher sentada se embalando, para lá, para cá, o vestido leve, as sandálias, os cabelos soltos, e as pernas um tanto apartadas, as nesgas de coxa aparecendo, palidamente percorridas, indo e vindo, mais perto, mais longe, a calcinha surgindo e se ampliando, o triângulo de fazenda sombreado, a nascente penugem, cá e lá, tudo se deslocando, fluindo, refluindo, ela sorrindo serena como se não entendesse, não calculasse, maré se acelerando no mormaço e nas veias, preto e branco, variando, movendo-se, o entrevisto perpétuo, balanço balouço, barra e bainha.

O amigo mais moço a enxergava um desenho, quadro, uma fotografia que reproduzida em revista se folheava, ia ficando cada vez mais sumária e reveladora, nada a fantasiar, ela nua e ele espectador, impercebida testemunha de sua nudez, era o mesmo que certa noite, fazia muito, quando se aproximara da janela para ver, no apartamento fronteiro, a mulher que chegava tarde e devagar se despia, blusa, saia, sutiã, calcinha, e dobrava as roupas, e guardava andando pelo quarto, decerto acalorada, cansada, pois sem se vestir deitou-se com o abajur aceso, ficou um tempo imóvel como se dormisse, mas não, moveu-se, trouxe uma das mãos lentamente e passou-a pelo corpo, sozinha, insuspeitada, chegou ao ventre, desceu,

abrigou-se entre as pernas, quieta, e então mexeu-se, e apagou a luz, e era assim alta, clara, inconsciente de que a assistiam.
A dois passos deles, em trânsito. Não havia mais sol que a iluminasse, apenas raios descambados, horizontais, desmaiados fachos que na pouca ainda sombra lhe avivavam os contornos e diziam, revelavam, davam consistência. Ela passava de cabeça levantada, nitidamente, com orgulho. Seu corpo a seguia.
Contemplada. Com admiração e ardor, que vêm da comparação, eu diante das outras. Ou adiante. Com uma certa curiosidade, que não me descobriram, não me sabem de verdade ou despida. Com essa urgência, esse proveito, que entre os meus iguais não me dá mais medo, é normal que me queiram. Mostrando um compreensivo interesse carinhoso.
Possuída. Com vagares de fruição, que não sou galo nem menino, sei do que me convém. Ou a ela. Com muita ciência, que puxa merece, não me engana isso de mulher fina ou de classe. Com meu jeito mais sincero, minha vantagem, que a experiência termina sempre se impondo, é natural que me gostem. Eu demonstro uma desarrumada paixão respeitosa.
Violentada. Com força e de improviso, que não me controlo, sou mais eu nessas brigas de amor. Ou então não sou. Com minhas reservas, que ponho todas nela, não me economizo quando vale a pena. Com a pressa e o descuido, ficam até engraçados, pois eu posso renascer, coroar, é bom que me curtam. Declaro na prática a que venho e cumpro.
Ela de frente e de perfil, caminhando. Ao mesmo tempo afiada e generosa. Seios, ancas, pernas. Naquele ondular, naquela luz. Ao fundo, o leve recorte das árvores, o tom escuro de céu. Ela vista de trás, se arredondando e indo.

— Um avião — elogiou o amigo mais moço.
— Hum-hum — sem palavras concordou o mais velho.
E beberam, e com os olhos a seguiram, e ficaram. Ela continuou pela calçada, um vago brilho nos cabelos, uma certeza no andar que se aligeirou, foi como se em despedida acenasse, gradualmente sumisse. Conivente.
Eles não a viram entrar pela galeria próxima, antes da esquina, pois a tinham perdido no meio dos transeuntes. Ela fazia um caminho habitual, e como de costume foi olhando as vitrines, até chegar ao elevador. Só que hoje experimentava uma sensação diferente. Além da excitação de ir ao encontro dele, havia um alargamento que a distendia e ampliava, uma espécie de dilatação. Envolvente e gostosa, como se já estivesse pronta.
Subiu sozinha ao quinto andar, cruzou o pequeno *hall* e enfiou a chave na fechadura. A porta se abriu antes que desse a volta. E ele a recebeu, sorridente mas apressado. Ali à espera, vendo a noite chegar, ouvindo os sons do tráfego, andando pelo apartamento que não tinha muito a oferecer para matar o tempo. O abraço não se desfez.
Jogou a bolsa em cima de uma poltrona e melhor se prendeu a ele, notando por cima do ombro, na penumbra e depois das cortinas leves, umas distantes janelas iluminadas além da praça. Ajustou-se mais ao outro corpo, encostando-se à porta fechada, sentindo a frieza do apoio e o calor ao qual se abria, receptiva. Ele enrijecido, ela observada. Alguém a espiava de longe. Daquelas janelas, daqueles edifícios, a estavam olhando. Não um, mais dois homens, o mais velho, o mais moço, com os seus binóculos a viam, aproximada e acesa. Sorriu satisfeita, não só reconhecida e divulgada, mas também protegida e particular. Bom, muito bom, seria maravilhoso isso de saber-se apreciadamente segura. Multiplicada, e só por um.
Então ela se fez atuante. E agitou-se, e pegou, e conduziu. Se curvando aos preparativos, uma longa e imagi-

nosa introdução sem ser. Feita uma declaração muda, é assim que eu gosto. O outro se encantou dos seus transportes, agia como se dissesse eu não sou digno, uma atitude quase religiosa de tudo o que a minha dona mandar. Assim mesmo, ainda vestida. E ela enfunada, embalada, as velas soltas. Quando a imaginava, antecipando um encontro, ele a queria dessa maneira até que enfim. Serpente e ciente, numa ânsia de encantar, seduzir, toda curvas de transpor e vencer, fim-de-linha para recomeçar e emergir. Abrindo a blusa, soltando o cinto, deixando cair uma peça, outra, delas saindo branca, breve, seus trechos de corpo tão pálidos, aqui, ali, sempre em volta, sempre ao redor, para afinal e pouco a pouco surgir inteira a partir do centro escuro, molhado.

Nua, ela foi para a cama. No rápido instante em que o esperou, deitada de costas, fechou os olhos e viu que a olhavam. Abandonou-se mais sobre o colchão. E quando ele chegou, antes de senti-lo afundar e entregar-se, ainda pensou: três cavalheiros. Lembrando que era uma história noturna.

NISEI

Fumie Suzuki, 18 anos, um tanto gorda, um pouco feia (não quando se olha para ela duas, três ou mais vezes, o que será decerto pedir muito), filha de peixeira no mercado municipal de Pinheiros, cansada e pobre, sem nada a ver com a Cooperativa de Cotia (o pai é que tinha banca de hortaliças, mas morreu cedo, coitado), diplomada pelo ginásio Paes Leme, logo ali adiante, sem distinção ou louvor, só de esforçada, e que dispensou o baile, a valsa, levou a noite da formatura conversando com a mãe a cair de sono, as duas enchendo a peça única da rua Jorge Velho, 217, quando se declarou precisada de um curso de datilografia, tinha que ajudar (já me viu de secretária?), no dia seguinte começou dedilhando o asdfg, passou um mês, o dinheiro acabou, teve que suspender, quem sabe recomeço e então, pela primeira vez, recebeu carta a ela endereçada, com selo, carimbo e cep, que dizia assim:

"Saudações. Foi com muito pesar que nós, da Escola de Datilografia Bandeiras, constatamos sua ausência do Curso. Esperamos que não seja nada grave o que a fez desistir de um aprendizado tão importante e tão curtinho (são apenas 120 horas de estudo). A desistência de algo iniciado sempre acarreta prejuízos. Físicos, pois quem não conclui o curso da Escola está se arriscando a adquirir defeitos que dificilmente serão corrigidos. Morais, porque quando se abandona algo iniciado sente-se o sabor amargo da derrota. Financeiros: como você não nos deve nada, ao resolver terminar o seu curso bastará pagar a mensalidade do período e... pronto! É só continuar no exercício que estava fazendo. Esperamos que seja breve. Você ia tão bem, por que parou? Aguardando uma visita sua, ficamos-lhe desde já, agradecidos. Sócrates Maciel."

Fumie Suzuki ficou morta de vergonha, principalmente pelos erros que tomou como seus, e chorou muito, e depois de chorar e pensar decidiu atender àquele senhor que a cortejava, educadíssimo, e desejava ajudar, foi bom (em todos os sentidos) porque ele resolveu muitos problemas de uma só vez, na semana seguinte começava no magazine Ohno, de secretária pois não, e meditando um minuto rezava todos os dias pela folhinha seicho-no-ie, e fazia piqueniques nos domingos com o pessoal do supermercado, mudou-se com a mãe para um apartamento maior (duas peças na rua Borba Gato), passou a receber o senhor que a ajudava, agora envelhecido, apenas uma vez por semana, tinha tempo de parar quieta dormindo de olho aberto (algas, peixes, os gestos bem lentos), e assistiu a novela e comprou volks e passeou no playcenter, ela e seus crediários, suas poupanças, as jóias miúdas que usava quando aos sábados ia jantar fora, então alegre, e viveu feliz até que se suicidou.

"Recepcione o dia de hoje com alegre vibração mental. Basta tomar consciência, que o tesouro enterrado estará sempre em sua mão. Levante a cabeça, olhe para o alto, avance olhando a luz. Trabalho ligado a Amor acelera grandemente o progresso da alma. O Homem é o Centro do cosmo: quando ele se move, move-se o Universo. Reconheça a grandiosa herança que, vinda de Deus, aloja-se nas pessoas. Toda experiência é matéria didádica para a educação da alma. O padecimento vem da escuridão da mente; falando-se da Luz, aparece a luz. Neste momento, neste exato lugar, você precisa realizar a melhor coisa que esteja dentro das suas possibilidades. O hábito é a segunda vocação: habitue-se a praticar bons atos somente. Quando se chama para dentro de si a Força Infinita de Deus, e vive-se tendo Deus por Conselheiro, o movimento das coisas do mundo exterior começa a mudar. Ame as pessoas, cumule de bondade as pessoas. Existe algo mais importante que a vida: o perseverar na Virtude. Em vez de censurar o mal, procure e elogie o bem. Deixe tudo a cargo de Deus. Deus se incumbe da melhora."

Fumie Suzuki foi vista, depois de morta, nas imediações do Curso Objetivo, das diversões eletrônicas Liberdade e do cinema Akasaka, falou-se dela madrugada a dentro na boite Osaka, mas não se garante, o fato é que desapareceu por quarenta dias, para só tornar a dar graça de si mesma no ano seguinte, bissexto e governado pelo cavalo de fogo, integrando a ala nisei da Escola de Samba Rosas de Ouro, ou Camisa Verde, ou X-9, neste particular falta informação precisa, um tando dura, um pouco tesa (não quando se olhava para o sorriso dela, uma, duas, mais vezes, o que no Carnaval é impossível), e contam que em pleno desfile foi ficando amarela, branca, leitosa, a seguir esmaecida se fez transparente, e subiu aos céus numa apoteose enquanto o povo gritava bis, replay, e falava à televisão, e acompanhava sambando no estribilho "Fumie Suzuki é coisa nossa", e dizia ser ela o negativo, a própria cópia reversa de Nossa Senhora Aparecida, igualzinha (todas as imagens positivas ainda passavam fantasiadas), e o dia amanheceu cantando, uma quarta-feira que era só cinzas.

O SOBREVIVENTE

Certa vez, quando o cheiro de café subia da copa iniciando a manhã, se lembraria dela por um instante, mas agudamente, como a notar desavisado ou surpreso uma coisa bem simples (o repentino estremecer do cão deitado a seus pés), e no entanto aquilo ficasse diante dos olhos pulsando vivo, quente, vestiu-se e saiu ao encontro do verão, o dia seguiria sem nuvens para a cidade, ele sem nada a fazer além do trabalho, mais além começava o cerco de ausência, de falta latejando feita ferida, sim, sim, apesar dos outros era um homem só, fora a sua revelação.

Uma outra vez, ganhando as visões dessa praia nublada que precede o sono, se reveria nela a deitar-se fundo e sucessivamente, porque as imagens sobrepostas lhe chegavam em ondas, vinham brancas daquele mar escuro para o côncavo das pálpebras, regulares, repetidas, respirando, sem contudo se completarem, eram pernas, ombros, seios, partes do corpo, não o corpo, não o corpo que fugia, incapaz de interessar-se, e tambem não havia rosto, não conseguia refazê-lo em boca, olhos, no formato que tinha, ela se afogando morna dentro do quarto e para sempre, fora o seu medo.

Cada vez mais, com os sete fôlegos da memória que

não cessa nem cansa, se espantaria a ouvi-la na rua, no bar, numa reunião, falando à-toa, dizendo frases soltas, exclamando, perguntando, até compreender que numa leve entonação estava a causa de tudo, uma súbita inflexão velada, ou íntima, que pode confundir-se ao diapasão de qualquer voz, enleada, reflexiva, mesmo triste, o importante não era esse recordar, bem natural que o tomasse transtornando, mas endoidecia aquela presença constante a entrar-lhe pelos ouvidos, precisava acostumar-se ou passar, fora a sua esperança.

Pouco a pouco, nesse curso reverso e involuntário, chegaria ao que a fazia permanecer. Os seus anseios, os seus temores (dispersos mas resistentes), apagaram-se com a descoberta. Ele não mais se perderia, a recolher pedaços de mulher: acabava de conquistar uma lembrança definitiva. E era o seu depositário.

Então cessariam os rompantes dela, os sobressaltos dele. Pois ela voltaria ao presente, aclarada e rindo, como fora do primeiro ao último encontro, e ficaria assim, graças a ele que sustentava a recordação, usufruindo, prolongando. Revendo uma satisfação completa e recente.

Por longo tempo, ele a conservaria. A memória dela, entretanto, iria crescendo nele, se ampliando, agigantada a ponto de não caber mais no seu silêncio. Novamente se sentiria sozinho, se não falasse não suportaria a solidão. Precisava, era imperioso e urgente. Mudar-se do seu habitual num homem de confidências.

Vacilante e aos arrancos, escolhendo as palavras, conseguiria confessar a um amigo porque não podia esquecê-la: "No amor (não disse fazendo amor, recusava o lado mecanicista da expressão), ela era a mesma, alegre, expansiva, feliz. Como se estivesse brincando. Não, não é bem isso. Com alegria. Sim, contente, satisfeita, e com

muita alegria. De viver aquilo, entende? Nunca vi ninguém amar com tamanha alegria."
O amigo responderia afirmativo e conceitual, interessado mas despido de emoção: "Uma liberada, sem dúvida. Livre dos nossos preconceitos, da nossa herança judaico-cristã, para ela no sexo não havia sentimento de culpa. Que beleza, esse retorno ao elementar. É uma restauração importante."
Diante de tal inesperado, se acabaria o seu desejo de comunicar-se. Não existia o que repartir. Aquilo, entretanto, duraria um curto período. Suas lembranças foram mais fortes, venceram a timidez e o desencanto com os demais. Ouviu-se, de novo, a dizer: "Ela amava com alegria. Não posso esquecer."
O outro amigo, desviado por um caso atual e dominante, confundiria tudo: "Sim, cada mulher é uma alegria, não se pode esquecer. Veja você, eu me esquecer dela! Seria muita falta de sensibilidade."
Seguiria só, fechado naquela presença que o tomava, todo e sem remissão, até que não suportasse mais e extravasando com um terceiro amigo deixasse cair, despercebido: "Ela tinha alegria, ela amava com alegria, ela me trazia alegria. Como posso esquecer que existe alegria?"
O derradeiro amigo, quem sabe um tanto penalizado, o advertiria: "Que é isso, companheiro? Você está feito aquele sujeito do filme francês, no ancoradouro a repetir, ela, ela, ela. Assim não dá. Vira obsessão. Não tem nada a ver. Dê um tempo, respire fundo, parta para outra. Mulher tem cura, sabia?"
Não, não sabia. Mas se agarraria à idéia, em parte querendo não lembrar, em parte sabendo que temos de viver. Ou a vida correria para trás, como nas velhas comédias ressuscitadas pela televisão? Recompor-se afinal se revelaria um trabalho penoso: juntar, erguer, construir,

ajeitando a feição de si mesmo, endireitando, nessa autoprodução que nos reconcilia com o espelho. Sua ordem tornaria, devagar, à medida que era capaz de reconhecer-se, ele sem passado ou futuro, agora e apenas. Às vezes, entretanto, se reveria no pontilhão falando sozinho, à tarde, o rio parado, a mesma voz dele a insistir: ela. E regressaria ao normal, custosamente, e retornaria mais, e mais, e sempre com menor esforço (apesar do cheiro de café, da pausa antes do sono, das vozes na rua ou no bar), até que a superfície da água se aquietou, mostrando os leves reflexos do crepúsculo, amaciados, serenando, como se alguém tivesse mergulhado para não voltar.

SENSORIAL
Para Thereza de Araújo

De manhã ele ouvia em linha reta. O chamado para levantar-se: ande, menino, se avie; as lições um recital agudo, convergindo, que duramente escrevia no seu caderno pautado; o toque da sineta a dividir o tempo, aula e recreio, afinal libertando a saída. E assim continuava por quase todo o dia, se ferindo nos ruídos estridentes, rascantes, até que a tarde arredondava tudo e os sons esmoreciam. Um breve instante enovelado, suspenso, logo a seguir se desatando. Nos pregões abrandados, nas vozes baixas passando pela outra calçada, no barulho pausado que vinha da usina longe. Sentado e olhando aquele mundo de céu, podia apreender o roçar do vento, o ranger dos coqueiros ou a marejada, também ondulante, que era o mar. Rumores de ressaca, de espuma enxaguando a praia, de vela a drapejar sobre a jangada na areia. Rajadas de poeira fina, que adejantes varriam folhas e pousando cessavam. Então caía um pausa, de ceia e silêncio e cismar pelos cantos, pelos rumos de lá fora, quado só havia a sombra de ecos circulares vogando ao seu redor. Ia dormir, o ouvido escutando no travesseiro. Aí a música chegava, a princípio um fio indistinto, depois mais encadeada, cadenciada, e os cantos se deslindavam no acompanhamento surdo, coisa de igreja, de folguedo, de povo, e ele dormia embalado pela distante melodia que no entanto forçava a janela se derramando pelo quarto, envolvendo os móveis, cobrindo a cama, aderente e morna feita um cheiro de lençol.

Vinham dos imprevistos, era de onde mais vinham, a surpreendê-lo sempre. Quase nunca podia notá-los em volta da lagoa, se estava perto e os sabia. Eles passavam encobertos para de súbito assaltá-lo. Como um susto, os cheiros. Ao descascar a fruta na pressa estabanada, abrir o livro novo de páginas presas, desabotoar e vestir a camisa branca. Pouco a pouco é que descobriu: às vezes não se acercavam insinuantes, nem precisavam o gesto de trazê-los, às vezes até avisavam. O cheiro de café pela manhã, anúncio de acordar. Talvez tenha sido o que despertara outra verdade: havia os claros e os escuros, os quentes e os frios. A mangueira e a maresia, o couro e o jasmim. Ou seriam os seus momentos? As relvas matutinas, os miasmas no fim-de-tarde, o mormaço do meio-dia, a brisa noturna. Depois os separou em gerais e particulares, entendendo que existia mais uma divisão: rastros da natureza e das pessoas. Sem sentir acostumou-se aos seus odores, como um espertar para ele feito gente, esse aprendizado que o distinguia. A impressão de ser assim por acalorado, acre, animal. O suor e seu pegajoso. Fartum, bodum. Mais fortes que o nome, o retrato, o número na chamada. Quarenta e quatro. Coisa sua, pessoal, que por disfarçar não se apagava. Ou não me farejo? E um dia, em meio ao vago de incenso que flutuava pela igreja, aspirou o perfume da mocinha ao lado e percebeu-lhe um travo, uma resina, era o juvenil da pele acetinada e amadurecendo. Olhou-a de soslaio com a sua primeira fome.

Foi de repente, como se nunca houvesse comido antes. O seu prato crescendo, acastelado, a repetir-se. A espera, vexado, pela hora das refeições. Um apetite extremado e enorme, que o fazia concentrar-se na mesa e por ela regular o diário. Salivando secretamente. Foi, sim, primeiro a quantidade, o aumentar da sua porção, aquela tarefa a vencer no café-da-manhã, no almoço, na ceia. Em seguida um acréscimo intermediário, com os lanches. E ainda o mastigar avulso, sem ter de quê. Para só então, e muito lentamente, se apropriar dos gostos. Uma espécie de afinação, que o preparava. Acidamente. Percebeu isso nas frutas: cajá e não oiti, cruaçá e não pinha, jenipapo e não sapoti. Mesmo as incomparáveis deixavam aquela cica: mangaba, carambola, maracujá. E o sabor preferido se firmava. Eliminando os doces, as delicadezas. Voltando-se para a substância, marcadamente específica. Saco sem fundo, impigem – diziam. Ah os molhos! Contra o seco, apesar de um tanto contratitório. Gosto não se discute, ou é o que mais se, por cima e acima ele elegia, isso de escolha não se precisa fundamentar. Não mesmo? Talvez regressivo, encontrou raízes fazendo o seu ditado. Paladar, inclinação: fisicamente. Suas maneiras, suas modas, ele caminhou pelas regras satisfeitas, como todo mundo estabeleceu-se. Discordar quem há-de? O agradável não apenas requinte, mas o próprio adequado à individual simpatia. E simpatia é quase amor. A essa altura, muito alimentado e feliz, reparou numa espinha. Bem jundo a um inicial fio de barba.

Ver pode ser, conforme. Ele se ressentia sempre da visão alheia, desde nem sabia quando, a cidade era azul. Do céu e do mar, com areia branca. Essa beleza estabelecida, ou a representação dela, em cores e feitios, não correspondia ao que enxergava. A cidade era verde, sempre a recebera assim. De coqueiros e folhagens, de mar esmeralda antes dos arrecifes. Na verdade andava de cabeça baixa, era moço e se fechava, curvando os ombros. Não podia, ou não queria, olhar o céu espantosamente azul e ensolarado, esses desperdícios luminosos que o encadeavam. Do seu ângulo, no máximo a perspectiva de quem não se ergue, o mundo parecia mais próximo. Aconchegante e sem dúvida colorido. Verde e branco, folha e praia. Era assim, fora sempre, não ia discutir. Ver de olhar, avistar, contemplar. Não para fora, de percorrer visitando. Mais de assistindo, presenciando. Ora essas vistas de viajar, imaginosas fantasiar e concluir. Tudo o que viu foi espectador, não calculou nem previu, estava lá. Desejando não ser tomado. Ao contrário devia considerar, ponderar. Nos anos de atentar, os verdes anos, achou que as tonalidades vinham depois. Importavam as linhas, os desenhos, no traço tinha de estar o sentido. Uma espécie de milagrosa intuição. Ela o fez apreciar os dias chuvosos, cinzentos, quando se voltava para dentro e interrogava a sua paisagem. A sua simetria. O reconhecer-se, o encontrar-se. Demorou, sempre demora, até avaliar os seus possíveis no descampado que o limitava. Leu defronte de espelho. Cara-a-cara, naquele arremedo de fazer a barba. Lanhado, sangrando, viu com a ponta dos dedos.

Mão de pegar, segurar, agarrando tomar. E guardar possuindo. O gesto de estendê-la, quase nunca involuntário, educou-se bem cedo. Economizado e raro, nos cumprimentos, nos acenos, nos afagos. Entretanto a sensação do tato, com os seus reconhecimentos, demorou e foi pouca. Afastando, espacejando, ele decerto isolado entre os demais, quem sabe por timidez ou aversão aos contatos cegos. Mas aprendeu, custoso e hesitante veio dominando o seu jeito de tocar, premir, ainda que deslizando sentir o quente, o frio, o tépido, depois o gelo das arestas e a dor sedosa. Como se antecipasse, nele parecia que a impressão era sempre anterior, o corpo chegava um pouco a seguir. Às apalpadelas, tateando. Soube assim o morno pelo dorso dos gatos, dos cães, contrariado porque não gostava de bichos nem da sua intimidade. Soube do calor dormente pelas almofadas de veludo, insidiosas e redondas, sem nunca se encostar nelas. Soube ainda o arrepio friento pelos cortes, arranhões e ronchas, que doíam ao simples correr de um dedo. Sofrendo tais toques, refugiou-se em tecidos, papéis, objetos previsíveis. A trama do brim, a página de livro, a folha amarelada, organizadas e familiares, e o lápis, a concha, o pente. Pentear o cabelo, demorado, era o perfeito sentido dele mesmo, todos os nervos se repartindo e domando e descendo. Não molhe a cabeça depois do almoço. Resfriados, engelhados, seus dedos compunham a difícil disciplina. Alisar, moldar, umas pancadinhas de acamar. E as mãos habilmente se interessaram. O tato é particular, lição que entendida prossegue. Aqui, ali, nos seus desdobramentos. Dele e dos outros.

A memória, para mim, tem muito de sensorial. Eu não sei me ver antes, sei me ver vindo. E meus começos fazem sentido. Sou acabado, eu terminei? Não é assim, não será nunca, estou em curso.

BIOGRAFIA

RICARDO RAMOS

Ricardo de Medeiros Ramos nasceu em Palmeira dos Índios, Alagoas, a 4 de janeiro de 1929, filho do escritor Graciliano Ramos e de D. Heloisa de Medeiros Ramos. Passou sua infância em Maceió, na casa do avô materno. Fez os primeiros estudos no colégio Diocesano de Maceió. Com 15 anos, veio morar com os pais no Rio de Janeiro, onde cursou o Instituto Superior de Preparatórios e a Faculdade de Direito da Universidade do Distrito Federal (profissão que nunca exerceu).

Desde cedo ingressou no jornalismo e, levado por Orígenes Lessa, que considerava seu mestre, trabalhou em propaganda. Era o momento da expansão publicitária devido ao desenvolvimento industrial do país. O exercício do jornalismo e a elaboração de textos publicitários contribuíram para o aprimoramento de seu estilo. Seus dotes de observação, sempre atento às mudanças sociais por que passava a metrópole paulista, foram aguçados e sua literatura tomou partido pelas populações marginalizadas.

Aos 17 anos já escrevia contos e desde 1948 começou a publicá-los em revistas e suplementos literários de vários jornais. Em 1954 publica seu primeiro livro de contos, **Tempo de espera** (José Olympio). Desde os anos 50, passou a residir em São Paulo, onde foi presidente da União Brasileira de Escritores e implantou um Museu de

Literatura para reunir originais, manuscritos, iconografia, cartas-depoimentos, entrevistas e a bibliografia crítica de escritores. Mais do que museu foi, na realidade, um Centro de Estudos Literários.

Em sua obra podem ser identificadas três épocas: a de um Brasil rural, que abandonou gradativamente, a fase de transição e a nitidamente urbana, da industrialização, quando se mudou para São Paulo.

Participou de numerosas antologias no Brasil e no estrangeiro, como escritor representativo do conto brasileiro contemporâneo. Também organizou vários volumes em que reuniu contistas brasileiros.

Festejado pela crítica especializada, recebeu os mais importantes prêmios literários do país. Sempre deixou a marca de sua personalidade em importante obra literária ou como professor e animador cultural (coordenou a Bienal Nestlé de Literatura Brasileira por dez anos).

Ricardo Ramos faleceu em 1992, quase com a mesma idade do pai e no mesmo dia do mês.

Em, 2.12.1997
Bella Jozef

OBRAS DO AUTOR

Tempo de Espera, contos, José Olympio, Rio de Janeiro, 1954.
Terno de Reis, contos, José Olympio, Rio de Janeiro, 1957.
Os Caminhantes de Santa Luzia, novela, Difusão Européia do Livro, São Paulo, 1959; Martins, São Paulo, 1974; Mercado Aberto, Porto Alegre, 1984.
Os Desertos, contos, Melhoramentos, São Paulo, 1961.
Rua Desfeita, contos, José Álvaro, Rio de Janeiro, 1963.
Memória de Setembro, romance, José Olympio, Rio de Janeiro, 1968.
Matar um Homem, contos, Martins, São Paulo, 1970; Siciliano, São Paulo, 1992.
Do Reclame à Comunicação; pequena história da propaganda no Brasil, ensaios, Anuário Brasileiro de Propaganda 70-71/Publinform, São Paulo, 1970; Escola de Comunicações e Artes/USP, São Paulo, 1972; Atual, São Paulo, 1985.
Circuito Fechado, contos, Martins, São Paulo, 1972; Record, Rio de Janeiro, 1978.
As Fúrias Invisíveis, romance, Martins, São Paulo, 1974; Record, Rio de Janeiro, 1978; Círculo do Livro, São Paulo, 1983.

Toada para Surdos, contos, Record, Rio de Janeiro, 1977; Círculo do Livro, São Paulo, 1983.
Os Inventores estão Vivos, contos, Nova Fronteira, Rio de Janeiro, 1980.
10 Contos Escolhidos, Horizonte/INL, Brasília, 1983.
O Sobrevivente, contos, Global, São Paulo, 1984.
Contato Imediato com Propaganda, ensaios, Global, São Paulo, 1987.
Desculpe a nossa Falha, novela/juvenil, Scipione, São Paulo, 1987.
Os Amantes Iluminados, contos, Rocco, Rio de Janeiro, 1988.
Pelo Amor de Adriana, novela/juvenil, Scipione, São Paulo, 1989.
O Rapto de Sabino, novela/juvenil, Scipione, São Paulo, 1992.
Graciliano: Retrato Fragmentado, memórias, Siciliano, São Paulo, 1992.
200 Anos de Propaganda no Brasil; do reclame ao cyber-anúncio, com Pyr Marcondes, ensaios, Meio & Mensagem, São Paulo, 1995-6.
Estação Primeira, contos/juvenil, Scipione, São Paulo, 1996.
Entre a Seca e a Garoa, contos/juvenil, Ática, São Paulo, 1997-8.
Os Melhores Contos; Ricardo Ramos, sel. Bella Josef, Global, São Paulo, 1998.

SOBRE O AUTOR

A Literatura "Juvenil" de Ricardo Ramos; sedução e fruição estética, dissertação de mestrado de Aroldo José Abreu Pinto sobre a obra juvenil do autor, defendida em 20/8/96, na Faculdade de Ciências e Letras da Unesp, de Assis.

ÍNDICE

O Homem, a Esperança: Sempre............................	7
A Mancha na Sala de Jantar....................................	17
A Pitonisa e as Quatro Estações.............................	25
A Tragédia Vencedora...	37
Matar um Homem...	47
Circuito Fechado (1)...	59
Circuito Fechado (2)...	61
Circuito Fechado (3)...	63
Circuito Fechado (4)...	65
Circuito Fechado (5)...	67
Os Passos da Paixão..	69
Herança...	81
O Terceiro Irmão..	85
O Pífano e as Árvores..	89
As Roupas...	101
Volteio...	107
A Busca do Silêncio...	113
O Dia Diferente...	121
Trivial Variado..	127
Um Guaraná para o General..................................	133

Paisagem com Menino 145
Longe 151
Peão e Pastor 159
Os Inventores estão Vivos 169
O Retrato 177
O Policial do Ano 181
Teresinha 191
Nisei 197
O Sobrevivente 201
Sensorial 205
Biografia 211
Obras do Autor 213

COLEÇÃO MELHORES CONTOS

Aníbal Machado
Seleção e prefácio de Antonio Dimas

Lygia Fagundes Telles
Seleção e prefácio de Eduardo Portella

Breno Accioly
Seleção e prefácio de Ricardo Ramos

Marques Rebelo
Seleção e prefácio de Ary Quintella

Moacyr Scliar
Seleção e prefácio de Regina Zilbermann

Machado de Assis
Seleção e prefácio de Domício Proença Filho

Herberto Sales
Seleção e prefácio de Judith Grossmann

Rubem Braga
Seleção e prefácio de Davi Arrigucci Jr.

Lima Barreto
Seleção e prefácio de Francisco de Assis Barbosa

João Antônio
Seleção e prefácio de Antônio Hohlfeldt

Eça de Queirós
Seleção e prefácio de Herberto Sales

Mário de Andrade
Seleção e prefácio de Telê Ancona Lopez

Luiz Vilela
Seleção e prefácio de Wilson Martins

J. J. Veiga
Seleção e prefácio de J. Aderaldo Castello

João do Rio
Seleção e prefácio de Helena Parente Cunha

Ignácio de Loyola Brandão
Seleção e prefácio de Deonísio da Silva

Hermilo Borba Filho
Seleção e prefácio de Silvio Roberto de Oliveira

Lêdo Ivo
Seleção e prefácio de Afrânio Coutinho

Bernardo Élis
Seleção e prefácio de Gilberto Mendonça Teles

Clarice Lispector
Seleção e prefácio de Walnice Nogueira Galvão

Autran Dourado
Seleção e prefácio de João Luiz Lafetá

Simões Lopes Neto
Seleção e prefácio de Dionísio Toledo

Ricardo Ramos
Seleção e prefácio de Bella Jozef

Joel Silveira
Seleção e prefácio de Lêdo Ivo

Marcos Rey
Seleção e prefácio de Fábio Lucas

João Alphonsus
Seleção e prefácio de Afonso Henriques Neto

Artur Azevedo
Seleção e prefácio de Antonio Martins de Araújo

*Ribeiro Couto**
Seleção e prefácio de Alberto Venancio Filho

*PRELO**

COLEÇÃO MELHORES POEMAS

CASTRO ALVES
Seleção e prefácio de Lêdo Ivo

LÊDO IVO
Seleção e prefácio de Sergio Alves Peixoto

FERREIRA GULLAR
Seleção e prefácio de Alfredo Bosi

MARIO QUINTANA
Seleção e prefácio de Fausto Cunha

CARLOS PENA FILHO
Seleção e prefácio de Edilberto Coutinho

TOMÁS ANTÔNIO GONZAGA
Seleção e prefácio de Alexandre Eulalio

MANUEL BANDEIRA
Seleção e prefácio de Francisco de Assis Barbosa

CECÍLIA MEIRELES
Seleção e prefácio de Maria Fernanda

CARLOS NEJAR
Seleção e prefácio de Léo Gilson Ribeiro

LUÍS DE CAMÕES
Seleção e prefácio de Leodegário A. de Azevedo Filho

GREGÓRIO DE MATOS
Seleção e prefácio de Darcy Damasceno

ÁLVARES DE AZEVEDO
Seleção e prefácio de Antonio Candido

MÁRIO FAUSTINO
Seleção e prefácio de Benedito Nunes

ALPHONSUS DE GUIMARAENS
Seleção e prefácio de Alphonsus de Guimaraens Filho

OLAVO BILAC
Seleção e prefácio de Marisa Lajolo

JOÃO CABRAL DE MELO NETO
Seleção e prefácio de Antonio Carlos Secchin

FERNANDO PESSOA
Seleção e prefácio de Teresa Rita Lopes

AUGUSTO DOS ANJOS
Seleção e prefácio de José Paulo Paes

BOCAGE
Seleção e prefácio de Cleonice Berardinelli

MÁRIO DE ANDRADE
Seleção e prefácio de Gilda de Mello e Souza

PAULO MENDES CAMPOS
Seleção e prefácio de Guilhermino César

LUÍS DELFINO
Seleção e prefácio de Lauro Junkes

GONÇALVES DIAS
Seleção e prefácio de José Carlos Garbuglio

AFFONSO ROMANO DE SANT'ANNA
Seleção e prefácio de Donaldo Schüler

HAROLDO DE CAMPOS
Seleção e prefácio de Inês Oseki-Dépré

GILBERTO MENDONÇA TELES
Seleção e prefácio de Luiz Busatto

GUILHERME DE ALMEIDA
Seleção e prefácio de Carlos Vogt

JORGE DE LIMA
Seleção e prefácio de Gilberto Mendonça Teles

CASIMIRO DE ABREU
Seleção e prefácio de Rubem Braga

Murilo Mendes
Seleção e prefácio de Luciana Stegagno Picchio

Paulo Leminski
Seleção e prefácio de Fred Góes e Álvaro Marins

Raimundo Correia
Seleção e prefácio de Telenia Hill

Cruz e Sousa
Seleção e prefácio de Flávio Aguiar

Dante Milano
Seleção e prefácio de Ivan Junqueira

José Paulo Paes
Seleção e prefácio de Davi Arrigucci Jr.

Cláudio Manuel da Costa
Seleção e prefácio de Francisco Iglésias

Machado de Assis
Seleção e prefácio de Alexei Bueno

Henriqueta Lisboa
Seleção e prefácio de Fábio Lucas

*Raul de Leoni**
Seleção e prefácio de Pedro Lyra

*Bueno de Rivera**
Seleção e prefácio de Wilson Figueiredo

*Alvarenga Peixoto**
Seleção e prefácio de Antonio Arnoni Prado

*Ribeiro Couto**
Seleção e prefácio de José Almino

*Cesário Verde**
Seleção e prefácio de Leyla Perrone-Moisés

*Antero de Quental**
Seleção e prefácio de Benjamin Abdala Junior

*Augusto Meyer**
Seleção e prefácio de Tania Franco Carvalhal

*PRELO**

Impressão e Acabamento
Bartira
Gráfica
(011) 4123-0255